치유마법의
잘못된
사용법
~전장을 달리는 회복 요원~
Vol.3
쿠로카타
KUROKATA

【키리하】
【코우】
【나크】
등장인물 소개

【블루링】
【우사토】
【아마코】

【미나】
【하르파】
“싸움에 끌어들여서
죄송합니다…….
하지만 이것도
제 역할입니다.”
“울며 용서를 구할
때까지 혼낸 다음
평생 내 노예로
키워 주겠어. 영광이지?”

치유마법의 잘못된 사용법

~전장을 달리는 회복 요원~

Vol.3

저자 쿠로카타

일러스트 KeG

치유마법의 잘못된 사용법 ~전장을 달리는 회복 요원~ Vol.3

CONTENTS

구명단 수칙

~청소 시 마음가짐~

하나, 실내는 청결하게 유지할 것.

하나, 청소 또한 훈련, 전력으로 임할 것.

하나, 청소를 게을리하는 자는 곤죽형에 처한다.

제1화 조우! 루크비스의 치유마법사!

마왕군의 위협을 알리는 서신을 전달하기 위해, 우리는 마도도시 루크비스에 왔다.

학생들의 활기로 가득한 거리와, 마법사를 육성하는 마도학원이라는 장소에 설레는 마음을 품고 있던 나는 한 치유마법사 소년과 만났다. 하지만—.

"이럴 수가……."

이런 엉망진창이 된 모습의 치유마법사와 만날 줄은 생각도 못 했다.

예전에 아마코가 루크비스의 치유마법사를 둘러싼 상황은 간단하지 않다고 했는데, 그 뜻을 마침내 이해할 수 있었다. 확실히 이래서야 아마코의 부탁을 들어줄 수도 없을 것이다.

하지만 누가 무슨 목적으로 이런 짓을 한 거지?

무의식적으로 꽉 움켜쥐고 있던 주먹에서 힘을 뺀 나는 근처에서 지켜보는 구경꾼 남자에게 말을 걸어 보았다.

"여기서 무슨 일이 있었던 거죠?"

"루크비스에 온 지 얼마 안 됐나 봐? 그럼 모를 수밖에."

구경꾼 남자는 씁쓸하게 고개를 끄덕이더니 내 품속에서 자고 있는 소년을 가리켰다.

"이 녀석은 귀찮은 녀석한테 찍혔어. 이 녀석이 치유마법을 쓸 수 있다는 걸 악용해서 매번 이런 짓을 하고 있지."

귀찮은 녀석한테 찍혔다니…….

치유마법사는 훈련 외에 샌드백 취급을 받아도 되는 마법사가 아니라고!

"일단 깨울까……."

나는 어깨를 흔들어서 그를 깨웠다.

무사히 의식이 돌아오는지 확인하고 싶었다. 상처는 없지만 깨어나지 않는 상황도 있으니까.

"으……."

"오!"

잠시 어깨를 흔드니 소년은 희미한 신음과 함께 천천히 눈을 깜박였다.

의외로 간단히 의식을 되찾은 것을 보면 괜찮나 보다.

의식이 돌아온 그의 어깨에 손을 얹고 말을 걸어 보았다.

"깨어난 모양이구나. 기분은 좀—."

"읏—! 놔!"

"으앗!"

깨어난 소년은 나를 시야에 담은 순간, 어깨에 올린 손을 쳐 냈다.

갑작스러운 거절에 조금 놀라고 말았지만, 소년은 파랗게 갠 하늘을 보더니 어째선지 허둥거리며 일어났다.

"시간이……, 큭!"

“아, 어이, 잠깐 기다—.”

소년은 내 목소리를 듣지 않고서 그대로 큰길 쪽으로 달려가 버렸다.

안달하는 모습이 심상치 않았다. 뭔가 중요한 일이라도 있는 걸까?

하지만 설마 거절당할 줄은 몰랐다.

그만큼 인간을 불신하게 된 상태인 걸까.

“그럼 어쩔까…….”

다른 나라의 치유마법사를 보고 싶다는 생각은 이루어졌지만, 뭐랄까, 영 찜찜하단 말이지.

따돌림을 못 본 척 넘어가지 못할 만큼 훌륭한 인간은 아니지만 무관심하게 있을 수는 없었다.

그의 현재 상황을 어떻게 해 줄 만한 힘은 내게 없을 테고, 오히려 이 도시에서는 치유마법사인 내가 무슨 짓을 당할 것 같을 정도였다.

“……지금은 선배랑 합류하자.”

일단 선배와 카즈키에게 상담해 보자.

혼자 고민하는 것보다 훨씬 낫고, 무엇보다 이런 문제는 학생회 임원이었던 두 사람이 더 자세히 알지도 모른다.

좋아, 그렇게 정해졌으면 즉각 두 사람에게—.

“어~이, 우사토 군~!”

“우사토~!”

그때, 귀에 익은 목소리가 들려 돌아보니 두 미남 미녀가 이쪽으로 달려오는 것이 보였다.

이누카미 선배와 카즈키였다.

"……내 쪽에서 갈 필요도 없었네."

기운차게 손을 흔드는 카즈키를 보고 나는 그렇게 중얼거리며 두 사람에게 걸어갔다.

아니나 다를까, 이누카미 선배는 말없이 숙소를 바꾼 나를 불만스러운 얼굴로 보고 있었다.

"정말이지, 우사토 군! 아마코의 친구네 집에 묵을 거면 나도 데려가야지!"

"거친 숨을 내쉬며 터무니없는 소리 하지 마세요. 저도 꽤 큰일이니까요……."

선배가 오면 쿄우의 마음고생이 장난 아닐 것 같다.

쿄우가 나쁜 사람이 아니라는 것은 알고 있기에, 어느 정도 신용을 얻을 때까지 가능한 한 선배를 데려가고 싶지는 않았다. 이 사람의 막무가내 행동력은 때때로 나쁜 방향으로 작용하니 말이야.

"그보다 선배랑 카즈키는 왜 여관이 아니라 여기 있어요?"

"선배가 우사토를 마중 나가자고 해서 나도 같이 온 거야. 여기서 만나게 돼서 수고를 덜었지만 말이지."

"응? 무슨 일 있는 거야?"

혹시 벌써 학원 측의 대답이 정해진 건…… 아니겠지.

결정이 내려질 때까지 꽤 시간이 걸린다고 했었고.

내 의문을 헤아렸는지 득의양양한 표정을 지은 이누카미 선배가 흥분한 모습으로 내게 다가왔다.

"어젯밤에, 글래디스 학원장이 학원을 견학하지 않겠냐고 제안했거든! 그래서 우사토 군도 같이 가면 어떨까 해서!"

"견학이요?"

그러고 보니 어제 편지를 건네고 돌아갈 때 그런 말을 들었지.

그렇군, 그때 선배가 덥석 무는 모습을 보고 글래디스 씨가 신경 써 준 모양이다.

"음~ 저도 궁금했고, 갈래요."

"우사토 군이라면 분명 그렇게 말할 줄 알았어. 당장 가자!"

이누카미 선배가 카즈키와 내 손을 잡고 학원 쪽을 향해 빠른 걸음으로 걷기 시작했다.

"선배가 즐거워 보이니 다행이네요……."

즐거워하는 선배를 보니 자연스럽게 내 입가도 풀어졌다.

"하지만 우사토도 기대되지?"

"하하하, 카즈키한테는 뭘 숨길 수가 없네."

일단 아까 그 소년은 나중에 생각하기로 할까?

차마 지금의 선배를 불러 세울 수는 없고, 나도 두 사람과 함께 행동하는 건 즐거우니 말이야.

***

선배는 우리의 손을 잡아끌며 멈춰 서는 일 없이 나아갔고, 이내 학원 입구 근처에 도착했다.

두리번두리번 주위를 둘러보니 하르파 씨가 입구에서 나오는 것이 보였기에 우리는 곧장 걸어가 인사했다.

"또 뵙네요, 하르파 씨."

"안녕하세요, 우사토 씨. 어제는 다른 숙소에서 묵으신 것 같은데, 괜찮으셨나요?"

"괜찮았어요…… 일단은."

"……?"

집주인에게 매도당하며 공격받을 뻔했다고는 입이 찢어져도 말할 수 없었다.

웃으며 고개를 갸웃하는 하르파 씨를 향해 웃는 얼굴을 만들어 대답했다.

"뭐, 괜찮으셨던 것 같아 다행입니다. 그럼 바로 안내해 드리겠습니다."

다행히 수상하게 여기지는 않았는지 그대로 안내를 시작하는 하르파 씨를 보고 안도하며 그 뒤를 따라갔다.

어제 봤던 광장은 아침이라 그런지 학생들이 없어서 조금 한산했다.

지금은 수업 중인 시간대이니까 학생은 돌아다니지 않는 건가?

"수업이라……. 뭘 가르치고 있을까? 우사토는 어떻게 생각해?"

"으음~ 역시 마법을 쓰는 방법이나 응용법 같은 거 아닐까?"

마도학원이라고 할 정도니까.

내 말에 하르파 씨가 이쪽을 돌아보았다.

"그런 수업도 있지만, 이곳에는 모험가나 기사 등을 목표하는 자도 많이 모이기에, 마법 외에도 무술 등 다양한 분야를 배울 수 있답니다."

자신이 목표하는 직업에 맞춰 배우고 싶은 것을 배우는, 원래 세계와 비슷한 시스템이라니 뭔가 굉장하네.

한동안 잡담하며 건물 안을 나아가자 이 세계의 글자가 새겨진 문패가 붙은 목제 문이 여럿 늘어서 있는 통로로 나왔다. 앞서 걷던 하르파 씨는 어떤 문을 발견하고서 우리 쪽으로 몸을 돌렸다.

"이 방에서는 마법의 기초에 관한 수업이 이루어지고 있습니다. 이 학원에 마법을 배우러 온 자들이 먼저 처음으로 받는 수업이 이것이죠. 물론 저도 받았습니다."

"마법의 기초인가……. 나랑 선배는 웰시 씨에게 기초를 배워서 이곳 수업이 어떤지 궁금한데?"

나는 어떻게 배웠더라……. 계속 달렸던 기억밖에 없어…….

마법을 다루는 훈련에서 분명 로즈는 「달리면서 마력을 느껴라」라고 했었지.

지금 생각해 보면 그런 훈련으로 어떻게 마법을 쓸 수 있게 됐는지 나도 영문을 모르겠다.

"아쉽지만 목적지는 이곳이 아니라 제가 소속된 반의 수업입니다."

"하르파 씨네 반이요?"

"예, 오늘은 마침 저희 반에서 마법 실기 훈련이 있어서 여러분에게 그 훈련을 보여 드리고, 괜찮다면 참가해 주셨으면 해서요."

"우리가 참가해도 괜찮은 거야? 훈련을 방해하게 될지도 몰라."

"다름 아닌 학원장님께서 허가하셨으니 괜찮습니다. 그리고 저는 학급의 감독 역할을 맡고 있기에 어느 정도 권한을 인정받고 있답니다."

"감독 역할? 선생님 같은 입장이라는 거야?"

"간단히 말하자면 그렇습니다."

선배의 말에 하르파 씨가 고개를 끄덕였다.

하르파 씨는 학생이면서 교사와 비슷한 권한을 가지고 있는 건가? 우리와 크게 다르지 않은 나이인데 굉장하네.

"우사토 씨는 참가하실 건가요?"

"으음……."

카즈키와 이누카미 선배는 참가해도 괜찮겠지만 나는 무리겠지.

마법 실기 훈련이라는 건 공격마법을 중심으로 연습할 테고, 치유마법을 사용한 물리 공격이 허락된다면 때리거나 발로 찰 수 있겠지만, 치유마법을 사용하지 않으면 그건 마법이 아니라 단순한 폭력이다.

"저는 치유마법사고, 참가해도 의미가 없는걸요."

"그러십니까. 아쉽군요."

어째서 확연하게 시무룩해하는 거야?

풀 죽어 버린 하르파 씨를 보니 약간 죄책감이 들잖아.

치유마법사인 내게 뭘 기대하고 있는 걸까? 저는 그거라고요,

「달린다」, 「때린다」, 「고친다」밖에 못 하는 마법사예요.

"네 실력을 과시할 때가 왔구나, 우사토 군."

이누카미 선배가 자신만만하게 그런 말을 꺼냈다.

변함없이 저를 향한 언동이 터무니없네요. 어떤 의미에서 안심이 돼요.

"저는 선배나 카즈키 같은 마법은 못 쓴다니까요. 할 수 있는 거라고는 펀치라든가 킥이라든가……."

"그 펀치와 킥이 너무나 흉악하지만 말이지. 네 영역까지 가면 마법과 다름없다고 생각해."

어어, 선배는 내가 인간에서 벗어났다고 말하고 싶은 걸까?

아무튼 내 치유마법을 이용한 기술은 물리 공격이나 마찬가지이므로, 정공법으로 마법을 쓰는 사람들에게는 그다지 보여 주고 싶지 않았다.

"음, 너무 시간을 지체했군요. 슬슬 갈까요."

하르파 씨는 휙 뒤돌아 걷기 시작했다.

그런데 내가 마법 실기 훈련에 참가하지 않겠다고 했을 때, 왜 하르파 씨는 아쉽다는 표정을 지은 걸까? 나보다도 용사인 카즈키와 이누카미 선배의 마법을 보여 주는 편이 좋을 텐데…….

혹시 나를 참가시키고 싶은 이유가 있나……?

"억측이려나……?"

작게 고개를 갸웃하며 걸어가다 보니 경치가 깔끔한 통로에서 야외로 바뀌었다.

현관을 지나 큰 광장으로 이동한 우리는 마침내 이 학원의 수업 풍경을 보게 되었다.

그곳에서는 학생들이 각자의 과녁에 마법을 쏘고 있었다.

"다 태워 버려!"

"하아아아아아앗!"

먼저 눈에 들어온 남자아이는 지면에 고정된 하얀 통나무 같은 과녁을 향해 손에서 불덩이를 쏴 불꽃을 튀기고 있었다.

그 옆에서 연습 중인 여자아이는 땅에 손을 대고 분출하듯 돌멩이를 날리고 있었다.

어제 봤던 학원 내 광장처럼 자유로운 느낌은 아니었다. 기백이고 뭐고 전혀 달랐다.

"으으—!"

선배는 벌써 들썩거렸다. 말로 표현할 수 없을 만큼 흥분해 있었다.

"선배, 기쁜 마음은 알겠지만 때리지 말아 주세요."

감동에 겨운 표정으로 내 얼굴을 보고서 무언가를 호소하며 어깨를 때리고 있었다.

솔직히 더할 나위 없이 성가셨다.

"카즈키, 선배 좀 어떻게 해 줘……."

"하하하, 무리야. 힘내."

그렇게 즐겁게 웃으며 말할 건 없잖아…….

그렇게 카즈키에게 버려지고, 흥분을 가라앉히지 못하는 선배에게 계속 맞고 있는데, 훈련 중인 학생들을 둘러볼 수 있는 곳까지 안내해 준 하르파 씨가 이쪽을 돌아보았다.

“이곳이 제가 소속된 반입니다. 오늘은 하급생과 합동 훈련을 하는 날이라 전원이 저희 반인 건 아니지만 말이죠.”

“하급생? 확실히 몸집이 작은 아이도 있네…….”

자세히 보니 두세 살쯤 어린 아이들이 상급생으로 보이는 사람들 옆에서 견학하고 있었다.

“응……?”

그때 광장 가장자리 쪽에서 낯익은 얼굴이 마법 훈련을 하고 있는 모습이 보였다.

저건 쿄우랑 키리하인가? 두 사람 다 하르파 씨랑 같은 반이었나.

키리하는 건틀릿에서 겹겹이 방출한 바람 칼날로 과녁을 벴고, 쿄우는 그리브를 찬 발을 크게 차올려 바람 칼날을 만들어 과녁을 대각선으로 갈랐다.

“바람인가…….”

멋있다고 생각하며 두 사람을 보고 있으니 쿄우도 나를 알아차린 모양이었다. 그는 깜짝 놀라서 옆에 있는 키리하에게 말을 걸었다.

이쪽을 본 키리하에게 일단 손을 흔드니 그녀는 눈을 동그랗게 뜨며 작게 손을 마주 흔들어 주었다.

“그들과 아는 사이신가요?”

하르파 씨가 놀란 목소리로 그렇게 물었다. 괜히 억측하지 않도록 「네」 하고 가볍게 대답하자 그는 어째선지 감탄하며 고개를 끄덕였다.

"무슨 문제라도……?"

"쿄우와 키리하는 좀처럼 인간과 상종하려 하지 않기에 깜짝 놀랐습니다. 말을 걸어도 저 두 사람은 항상 매정한 태도를 보일 뿐이니까요."

키리하와 쿄우는 학원에서 그런 느낌인 건가.

흐응 하고 별생각 없이 다시 키리하 쪽을 바라보는데 어느새 침착함을 되찾은 선배가 내 어깨를 가볍게 두드렸다.

"저 두 사람이 아마코의 친구야?"

하르파 씨에게 들리지 않도록 배려하는지 속삭이는 목소리로 물었기에 나도 목소리를 낮춰 대답했다.

"네."

"좋은 동물 귀야. 나중에 소개해 줘."

"거절할게요."

생긋 웃으며 즉답했다.

모처럼 얻은 신뢰를 늘 들떠 있는 당신 때문에 잃을 수는 없어요.

몹시, 몹~시 마음 아프지만 선배는 좀 더 참으라고 하자.

"어째서! 이유가 뭐야?! 우사토 군!"

어깨를 붙잡고 흔드는 선배와 그런 대화를 나누고 있으니 하르파 씨가 이쪽을 돌아보았다.

"그럼 슬슬 모두에게 여러분을 소개하기로 할까요."

하르파 씨는 그렇게 말하고 온화한 분위기와는 딴판인 날카로운 목소리로 「집합!」이라고 외쳤다.

마법을 연습하고 있던 상급생과 그것을 견학 중이던 하급생은 그 목소리에 즉각 반응하여 하르파 씨 앞으로 달려왔다.

기이한 시선이 우리에게 집중됐다.

“오늘은 상급생과 하급생의 합동 훈련 날입니다. 원래대로라면 하급생이 상급생의 마법을 보고 배워 성장의 밑거름으로 삼을 기회입니다만 오늘은 조금 다릅니다.”

하르파 씨가 엄격한 어조로 말하자 학생들이 긴장했다.

“오늘은 링글 왕국의 사자 세 분이 저희의 훈련 모습을 보러 와 주셨습니다. 실력도 경험도 저희보다 월등한 분들이니 실례를 저지르지 않도록 주의하세요.”

하르파 씨의 설명에 수상쩍다는 시선이 여기저기서— 라기보다 그 대다수가 내게 모아졌다.

참고로 쿄우도 똑같은 눈으로 보고 있었다고 말해 두겠다.

실제로 미남 미녀인 카즈키와 선배 옆에 나라는 평범한 남자가 있으면 누구나 이상하게 여길 것이다. 나라도 그렇게 생각할 거야.

“아, 저 하얀 옷 입은 사람! 어제 키리하한테 맞고 있었던 사람이야…….”

술렁거리는 집단 속에서 그런 목소리가 들렸다.

어제라니 언제를 말하는 거지?

낮에 있었던 일을 말하는 거라면 그 말투에는 악의가 있었다.

아니나 다를까, 「맞고 있었다」의 의미를 잘못 이해한 여러 학생의 더욱 의혹 어린 시선이 내게 꽂혔다.

"어제 무슨 일 있었어?"

"오해가 있었어……."

옆에 있는 카즈키의 질문에 이마를 짚으며 대답했다.

내가 초래한 일이지만, 그 상황이어서야 누군가가 봤어도 어쩔 수 없었다.

선배와 카즈키에게 의심의 눈길이 가지 않았으니 다행이라고 생각할까.

"저기, 그 사람들이 우리보다 강하다면 어떤 마법을 쓸 수 있는지 보여 주실 수 있겠죠?"

안도한 것도 잠시, 하급생이 늘어선 쪽에서 그런 목소리가 들려왔다.

앳되고 높은 목소리—.

한 트윈테일 소녀가 이쪽을 수상쩍다는 표정으로 보며 손을 들고 있었다.

"……그렇게 나오는 건가요."

하르파 씨가 내게 겨우 들릴 만한 목소리로 그렇게 중얼거렸다.

예상하고 있었다는 듯한 냉정한 음색이라 약간 의문이 들었다.

"여기 계신 분들이 실력을 보이지 않는다면 여러분은 예를 다하지 않겠다는 건가요."

한숨을 쉰 하르파 씨는 이쪽으로 천천히 몸을 돌렸다.

"그런 고로 마법을 보여 주셨으면 합니다만—."

"내게 맡겨 줘! 어디에 마법을 쏘면 돼?!"

선동한 소녀여, 너는 한 가지 잘못을 저질렀어.

그 잘못이란, 판타지에 남다른 정열을 지닌 용사를 필요 이상으로 의욕적으로 만들어 버렸다는 거야.

의기양양하게 앞으로 나선 선배에게 하르파 씨가 웃으며 GO 사인을 보내는 광경을 보고 나는 무심코 눈가를 손으로 덮고 말았다.

***

훈련 내용은 단순했다. 마법에 내성이 있는 흰 통나무 같은 과녁에 공격마법을 맞출 뿐이었다.

생각해 보면 이곳 학생들도 과녁에 흠집은 내도 파괴하지는 못했었다. 그만큼 마법에 완강히 버티는 과녁이겠지.

“으음~ 이 목검은 살짝 쓰기 힘드네…….”

“마법을 견딜 수 있도록 특별히 제작한 물건이라, 불편한 건 참아 주세요.”

무기를 이용한 마법으로 선배는 목검을 쓰려는 것 같았다.

훈련에는 도수공권이든 검이든 건틀릿이든 다 가능했다. 물론 마법으로만 공격해도 됐다. 꽤 자유도가 높은 사격이라고 생각하면 이해하기 쉬울지도 모른다.

과녁 앞에 선 선배 뒤에서 학생들이 선배의 마법이 펼쳐지는 것을 이제나저제나 기다렸다.

“저기, 카즈키.”

“응?”

“선배, 힘 조절하려나?”

“……하겠지. 우리의 선배잖아.”

“……훗.”

카즈키가 눈앞의 광경에서 눈을 돌리며 말하지 않았다면 나도 안심했을 텐데.

“하지만 방식은 어찌 됐든, 선배도 우사토가 바보 취급당한 걸 용서할 수 없었던 거라고 생각해.”

“선배가……?”

“우사토에 관해 아무것도 모르면서 멋대로 말하면 되겠어? 나도, 선배도, 겉으로 드러내진 않았지만 꽤 화났다고.”

나를 생각해서 한 행동이라니 조금 감동했다.

목검을 들고 빙글빙글 돌려 전격을 내뿜으면서 의기양양하게 자세를 잡는 선배를 보았다.

“아니, 잠깐, 잠깐!”

감동하는 건 좋지만, 그렇다고 선배가 가감 없이 훈련해도 좋은 것은 아니었다.

선배를 부르려고 했으나 이미 선배는 달려 나가고 있었다.

“하앗!”

가벼운 도움닫기와 함께 달려 나간 선배는 순식간에 과녁에 접근했고, 활과 화살처럼 팽팽한 전격을 두른 목검을 찔러 넣었다.

번개로 잘못 볼 만큼 재빠른 동작이라 견학하던 학생들은 대체 무슨 일이 일어났는지 이해하지 못한 듯했으나, 선배가 목검을 과녁에 관통시키자 마침내 그녀가 공격마법을 쐈음을 안 것 같았다.

"뭐야……?"

어떤 학생이 얼빠진 목소리를 냈다.

무리도 아니었다. 로즈와 훈련했던 나조차 겨우 눈으로 좇을 수 있을 만한 속도였다.

"아직 안 끝났어……!"

무슨 생각을 했는지 선배는 과녁을 찌른 목검을 놓고 뒤로 물러났다. 목검에는 전격 마력이 아직 남아 있어서 선배가 손을 놔도 계속 방전 중이었다.

그녀는 손을 펼쳐 앞으로 쭉 뻗고서 득의양양한 표정을 짓더니—.

"터져라!"

그 말과 함께 손바닥에서 전격을 쐈다.

전격이 직격한 목검은 폭발하듯 눈부신 빛을 냈다.

몇 초 후 시야가 원래대로 돌아오자 조금 전까지 거기 있었던 과녁과 특제 목검은 재로 변해 있었다.

"……."

너무 과하잖아?!

조용히 지켜보고 있었지만, 누가 이렇게까지 하라고 했어?! 그보다 방금 그 무시무시한 기술은 뭐죠?! 저런 공격을 사람이 받는다면 흔적도 안 남을 거예요!

눈앞에서 벌어진 광경에 주변 학생들이 말을 잇지 못하는 가운데, 정작 장본인은 주위의 곤혹스러움을 무시한 채 해냈다는 듯이 팔짱을 끼고서 고개를 주억거리고 있었다.

"예상 이상입니다. 두 분도 어떠십니까? 아직 시간에 여유가 있으니 스즈네 씨와 마찬가지로 해 보시겠습니까?"

하르파 씨는 조금도 놀란 모습을 보이지 않으며 우리에게 그렇게 제안했다.

"저는 저런 마법을 쓰지 못해요……."

"이 훈련은 검이든 체술이든, 마법이 쓰이면 뭐든 가능합니다. 즉, 마력만 띤다면 주먹이더라도 마법 공격으로 여겨집니다."

왠지 하르파 씨는 나를 꼭 참가시키고 싶은 것처럼 보였다.

하지만 내 뜻은 확고했다. 그보다 선배 다음이라니, 허들이 너무 올라간 상태잖아…….

"아, 아뇨, 저보다 카즈키가 나을 거예요. 제 마법보다 화려하고 말이죠."

"으음~ 우사토도 이런저런 의미에서 화려하다고 생각하지만 말이지……. 뭐, 우사토가 싫다면 내가 할게. 실은 나도 해 보고 싶었어."

떠넘긴 것 같아서 미안한걸.

하지만 내 마법의 어디가 화려하게 보인다는 걸까. 그저 밋밋한데.

"스즈네 씨가 사용한 것 옆에 있는 과녁을 써 주세요. 부숴도 괜찮습니다. 무기를 쓰실 건가요?"

"아니, 이번에는 마법만 쓰겠어."

카즈키는 무기를 들지 않고서 과녁 쪽으로 걸어갔다.

그런 카즈키와 교대하는 형태로 이누카미 선배가 돌아왔다.

많은 학생들의 시선을 모으며 내 옆으로 다가온 그녀는 만족스러운 표정을 짓고 있었다.

"다음은 카즈키 군인가……. 우사토 군은 역시 나서지 않는 거야?"

"허들이 너무 높다고요. 선배는 제가 저 과녁을 때려 부수길 바라는 건가요?"

"후후, 불가능하진 않잖아? 저런 움직이지 않는 과녁 따위, 무장한 마족과 비교하면 간단해."

그런 터무니없는 예시를 들어도 어떻게 반응하면 좋을지 곤란해요.

"오……."

과녁 앞에 선 카즈키가 탁구공쯤 되는 크기의 마력단을 세 개 정도 생성했다.

빛 계통 마법— 강력하면서도 희소한 마법에 학생들은 선배 때보다 더 술렁거렸으나, 카즈키는 마력탄 조작에 집중하고 있는지 손바닥에서 시선을 떼지 않았다.

"음, 나도 저건 본 적이 없어."

"마법의 원격 조작……. 조금이라도 집중력이 떨어지면 무산되어 버리는 마력탄을 조종하다니 역시 굉장하군요. 같은 반 학우들이 보고 배웠으면 하는 섬세함입니다."

카즈키가 다루는 마력탄을 보고 하르파 씨가 감탄했다.

나로서는 마력을 원격으로 조작할 수 있다는 것이 놀라웠다.

카즈키의 빛마법이나 내 치유마법은 몸에서 떨어지면 무산되어 버리는 것이라고 생각했었기 때문이다.

나도 노력하면 날릴 수 있으려나?

치유마법탄! 같은 느낌으로 멀리 있는 사람을 고칠 수 있다면 편리할 것 같다.

“가라!”

카즈키는 손을 휘둘러 마력탄을 과녁으로 날렸다.

날아간 마력탄은 여전히 카즈키의 지배하에 있는 모양인지, 움직임이 어설프긴 했지만 확실하게 과녁 쪽으로 날아갔고 그 위쪽에서 멈췄다.

“내 마법은 위험하니까…… 밑으로!”

카즈키가 손을 아래로 휘두르자 세 마력탄은 엄청난 속도로 과녁에 쏟아졌다.

카즈키가 펼친 기술은 선배처럼 화려하지는 않았고 오히려 밋밋하다는 생각도 들었지만, 선배보다도 위험한 기술이라는 인상을 내게 주었다.

과녁에 쏟아진 마력탄은 작렬하지도 폭발하지도 않고 과녁을 뚫어 버리듯 지면에 꽂혔으니까.

“아무래도 카즈키 군은 흑기사와 싸우면서 자신의 약점을 보완하는 방법을 찾았나 보네.”

“그, 그러게요…….”

두 사람 다 뭐 이렇게 무시무시한 기술을 선보이는 걸까요…….

두 용사가 펼친 마법— 그것은 조금 전까지 우리에게 의심의 눈길을 보내던 학생들의 눈을 번쩍 뜨이게 하기 충분했는지, 다들 한 결같이 선배와 카즈키에게 두려움 섞인 시선을 보내고 있었다.

"말씀드리지 않았지만, 여기 계신 두 분은 지난 마왕군과의 전투 때 최전선에서 싸우신 용사십니다. 여러분이 얕잡아 봐도 될 만한 분들이 아닙니다. 물론 여기 이분도 마찬가지입니다."

여기서 저를 드러낼 필요가 있었을까요, 하르파 씨.

선배와 카즈키에게 집중되었던 시선이 내게 모였다.

"무슨 마법을 쓰는 걸까……."

"다른 두 사람과 달리 약해 보이는데……."

"시원찮은 인상이지만 실은 굉장하다거나?"

나에 대한 말들이 정말이지 너무했다.

겉모습만으로 이런 말들을 듣다니……. 다행히 이리로 돌아온 카즈키에게 그 목소리는 들리지 않은 것 같았다.

"저기, 그쪽 분은 무슨 마법을 쓰시나요?"

마침내 그런 질문이 하르파 씨에게 날아왔다.

하르파 씨는 나를 곁눈질로 보았다.

아마 이 사람은 내 마법이 학생들에게 알려진 뒤에 나올 반응을 알고 있을 것이다. 그리고 나도 대충은 이해하고 있었다.

치유마법사가 이 나라에서 어떤 취급을 받고 있는지 아까 이 눈으로 보았기 때문이다.

"하아……."

어쩔 수 없지.

선배와 카즈키가 자기 마법을 밝혔는데 나만 밝히지 않을 수는 없다.

계속 숨기는 것은 무리였다.

나는 단복의 옷깃을 매만진 후 한 걸음 앞으로 내디뎠다.

"나는 링글 왕국의 구명단에 소속된 치유마법사야."

자, 어떻게 반응할 거지?

부조리와 매도 속에서 성장한 나는 다소간의 비웃음 정도로는 조금도 상처받지 않는다고.

***

하르파가 우사토와 그의 동료 두 사람을 데려왔다.

나랑 쿄우가 한창 마법 훈련을 하고 있을 때 나타난 우사토는 우리에게 손을 흔들었다.

쿄우는 물론 대답하지 않았지만 나는 주위에 들키지 않을 수준으로 손을 마주 흔들었다.

왜 우사토가 여기 있을까 싶었으나, 오늘은 손님이 견학하러 온다고 수업 전에 하르파가 말했던 것을 떠올리고 그것이 우사토 일행임을 바로 이해했다.

우사토 일행을 소개한 하르파는 그들이 우리 학생보다도 실전에 익숙하며 강하다고 도발적으로 말했다.

반발할 것은 훤히 보였으리라. 우리 반은 그런 경향이 특히 심했다.

두 동료의 실력은 모르지만, 우사토에게는 이길 수 있을지 알 수 없었다.

수인인 나와 동등하거나 그 이상인 힘, 그리고 어떤 상처든 순식간에 고쳐 버리는 치유마법.

만약 진심으로 맞붙는다면, 바람 칼날로 아무리 난도질해도 우사토는 마력이 있는 한 다시 일어나 수인을 웃도는 괴력으로 공격해 올 것이다.

그저 악몽일 뿐이었다.

하지만 어제 있었던 소동 때문에 우사토가 의심의 눈길을 받게 되었다. 나 때문에 하급생 반의 문제아— 귀족가의 딸, 미나가 기고만장해진 것은 오산이었다.

이 아가씨는 터무니없이 근성이 썩어 빠져 있었다.

우사토와 똑같은 치유마법사를 몇 년에 걸쳐 추종자들과 괴롭히고 있지만, 그녀가 귀족가의 자제라서 학원 측도 처벌하지 못하고 있다.

그녀의 성격을 생각해 볼 때, 우사토 일행의 마법이 대단치 않다면 학생들 앞에서 창피를 줄 심산이었을 것이다.

주위 학생들도 미나의 의도를 이해한 것 같았으나 귀족인 미나에게 대들기 무서웠는지 아무도 말리려고 하지는 않았다.

나도 말릴 수 없었다.

같은 반 녀석들과 이야기할 생각은 없었고, 유일하게 이야기가 통하는 하르파도 이런 경우에는 반대하지 않았다.

하지만 우사토의 동료들의 마법은 엄청났다.
지금껏 본 적 없는 파괴력을 지닌 번개 계통 마법.
희소한 빛 계통 마법의 정교한 조작.
간 떨어질 뻔할 만큼 놀란다는 게 이런 거겠지.
그도 그럴 것이 그 두 사람은 아마코가 말했던 링글 왕국의 용사였다.
거기서 끝났다면 좋았을 것이다.
다들 납득하고 묵묵히 다시 훈련으로 돌아갔다면 좋았을 것이다.
"나는 링글 왕국의 구명단에 소속된 치유마법사야."
우사토의 말을 듣고 주위의 의식이 바뀌었다.
물론 나쁜 쪽으로—.
나도, 옆에 있던 쿄우도 머리를 싸맸다.
우리 반은 화력바보의 모임이었다. 마법은 강하기만 하면 된다고 생각하는 자가 많았다. 나는 치유마법을 업신여길 생각이 추호도 없지만, 우사토를 모르는 학생들에게 치유마법은 빈약하다는 인상이 정착되어 있었다.
"뭐야, 치유마법사인가……. 나도 이기겠다."
"전장에서는 도망 다니기만 한 거 아니야?"
"나보다 강하다니, 거짓말이겠지."
아니나 다를까, 그 화력바보들이 우사토를 깎아내렸다.
그리고 아까 그 성질 더러운 아가씨가 이 좋은 기회를 놓칠 리도 없어서—.

"치유마법? 정말로 강한 건가요?"

—하고, 또랑또랑한 목소리로 그렇게 말했다.

그 말에 우사토는 웃는 얼굴을 유지한 채 「아하하, 곤란하네」 하고 억양 없는 목소리로 대답했다.

하지만 그때 옆에 있던 빛마법사 용사가 갑자기 다른 용사를 뒤에서 제압했다.

우사토가 일절 표정을 바꾸지 않았기에 주위 학생들은 무슨 일이 벌어졌는지 이해하지 못한 것 같았으나, 귀가 좋은 나와 쿄우에게는 두 용사의 대화가 희미하게 들리고 말았다.

"기분은 이해하지만 진정하세요!"

"카즈키 군, 잠깐 비켜 봐. 아주 살짝 파직하고…… 태우는 정도로……."

"안 된다니까요!"

빛마법을 쓰는 용사가 관대하지 않았다면 미나는 지금쯤 엄청난 일을 겪었을 것이다.

하지만 미나는 그것을 눈치채지 못했는지 손을 척 들고서 한 걸음 앞으로 나갔다.

"하르파 선배. 그분과 마법으로 모의전을 해 보고 싶은데 괜찮을까요?"

"모의전 말인가요?"

"네, 마족과 싸울 수 있는 치유마법사분과의 모의전이라면 다칠 걱정도 없잖아요?"

……기분 나쁜 녀석이다.

즉, 우사토보고 허울 좋은 『과녁』이 되라는 것이었다.

그녀가 다루는 불 계통의 작렬마법은 대단한 위력은 없으나 다른 사람을 적당히 아프게 하기에는 딱 좋은 마법으로, 그녀의 썩어빠진 근성에 안성맞춤이었다.

하지만 이번에는 싸움을 건 상대가 좋지 않았다.

그녀가 아는 치유마법사와 우사토라는 치유마법사는 차원이 너무나 달랐다.

평범한 치유마법사는 고치는 것 외에 아무것도 할 수 없으니 정면으로 승부 따위 하지 않고, 하물며 수인인 나보다 뛰어난 전투력을 가지고 있을 리가 없었다.

미나가 심술궂게 웃자 하르파는 뭐가 우스운지 입꼬리를 조금 비틀었다.

"그럴 필요는 없습니다."

"예?"

"리아시아 가문의 영애에게 위험한 모의전을 시킬 수는 없습니다."

하르파는 완곡하게 미나의 제안을 기각했다.

그의 말에 쿄우는 안도한 것 같았지만 나는 묘한 위화감을 느꼈다.

미나가 귀족 영애라는 이유만으로 저 하르파가 모의전을 말린다고?

"하지만 여기 계신 여러분이 우사토 씨의 실력을 인정하고 있지 않은 것도 사실이죠. 그렇다면…… 우사토 씨."

"네?"

"그녀 대신 저와 모의전을 하지 않으시겠습니까? 당신의 힘을 보이려면 이 방법이 가장 간단하다고 생각합니다만…… 어떠신지요?"

"뭐?!"

무심코 놀라서 외쳐 버렸다.

공격적인 마법을 쓰지 않는, 마안을 지닌 예쁘장한 남자— 하르파가 돌연 우사토와 모의전을 하겠다고 했기 때문이다.

제2화 학원 최강! 치유마법 VS 마안!

얼떨떨해 있는 사이에 하르파 씨와 모의전을 하게 되었다.

정말로 어째서 일이 이렇게 되어 버린 걸까.

"저, 저기, 하르파 선배. 대신이라니……?"

"말 그대로입니다. 그리고 그의 상대는 제가 아니면 감당할 수 없습니다."

겁먹은 얼굴로 질문한 트윈테일 소녀에게 차갑게 그리 단언한 그의 눈동자는 옅은 보라색으로 수상하게 빛나고 있었고, 그 눈은 똑바로 나를 보고 있었다.

"우사토 씨, 괜찮을까요?"

"으음~ 뭐, 살살 부탁합니다."

하르파 씨의 마법은 마력의 흐름을 볼 수 있는 마안이라고 했으니 특별히 강한 공격마법은 쓰지 않을 것이다.

적당히 도망치면 타개할 수 있으리라. 최악의 경우에는 치유 펀치로 때려서 기절시키면 된다.

"모의전이라는 건 어디서 하면 되죠?"

"훈련장 중앙에서 부탁드립니다."

하르파 씨가 모의전을 하겠다고 말한 뒤로 확연하게 학생들이 술렁거리고 있었다. 경솔하게 제안을 받아들였지만, 혹시 나는 뭔가 위험한 짓을 저질러 버린 걸까?

뭐, 해 보면 알겠지.

"그럼 일단 모의전하러 갔다 올게요."

"힘내, 우사토."

"힘내, 우사토 군. 날 위해서!"

"고마워, 카즈키."

"어라?"

선배의 바보짓을 무시하고 가볍게 준비 운동을 시작했다.

스트레칭을 하며 하르파 씨 쪽을 바라보니 그는 모의전에 쓸 무기를 고르고 있었다.

나는 무기는 필요 없으려나?

창은 한 번 사용해 본 적 있지만, 다칠 수도 있어서 위험하고…….

"어이!"

"응……?"

학생들 집단 속에서 쿄우가 쿵쿵 발소리가 들릴 만한 기세로 다가왔다. 학생들의 주목을 모으고 있는 것 같은데 괜찮은 건가?

"어라? 나한테 말 걸어도 괜찮아?"

"사실은 싫지만…… 일부러 충고하러 온 거야! 그 정도는 알라고!"

엇, 어어, 그런 터무니없는 요구를…….

"충고? 네가 나한테?"

무슨 바람이 분 걸까? 그는 나를 싫어하는 줄 알았는데?

뒤늦게 따라온 키리하에게 무슨 일이냐고 시선을 보내자 그녀도 쿄우와 마찬가지로 진지한 표정을 짓고 있었다.

둘 다 왜 그러는 거지?

"네가 지금부터 싸울 하르파라는 녀석은 좋은 녀석처럼 생겼지만 상대를 전혀 봐주지 않는 미친놈이야."

"미친놈이라니……."

"만약 무슨 일이 생기기라도 하면 아마코가 곤란해. 우사토, 널 생각해서 하는 말이기도 해. 쿄우의 말대로 하르파와의 모의전은 그만둬. 그는 너무 위험해."

"그렇게 말해도……."

그만둘 수 있다면 그러고 싶지만, 그럴 수도 없었다.

링글 왕국의 구명단이라고 소속을 밝힌 내가 학생과의 모의전에 겁먹고 그만뒀다는 이야기가 퍼진다면 구명단의 이름에 먹칠하게 되고, 향후 여행에도 지장이 생길지 모른다.

무엇보다 내가 겁을 먹고 모의전에서 도망쳤다는 이야기가 이웃나라에 있는 로즈에게 전해진다면 틀림없이 죽음보다 지독한 벌을 받게 될 것이다.

그것은 절대로 싫었다.

로즈에게 혼나는 것도, 벌 받는 것도 싫었고, 로즈를 실망시키고 싶지도 않았다.

"나는 그만두지 않을 거야. 이 단복을 입고 있는 한, 내게 패배는 허락되지 않아."

벌 받지 않기 위해서라도 질 수 없어……!

"저 녀석이 사람을 구별하는 기준은 강한가 약한가, 둘 중 하나뿐이야. 마법사를 가차 없이 재기 불능으로 몰아넣는다고! 알고 있는 거야?!"

"괜찮아, 우리 스승님 정도는 아니야."

사람을 때려서 몇십 미터나 날려 버리는 수준이 아니라면 나는 쓰러지지 않는다.

그리고 두 사람의 이야기를 듣고 하르파 씨의 행동도 이해가 됐다.

처음 내게 말을 걸었을 때의 등을 훑는 듯한 진득한 목소리도, 내가 구명단의 치유마법사임을 알고 난 다음의 태도도, 내가 훈련에 참가하지 않겠다고 말했을 때의 아쉬워하는 모습도, 내가 그의 기준에 적합한지 관찰했었던 건가…….

"자, 우사토 씨. 준비는 되셨나요?"

키리하와 쿄우 곁을 떠나 훈련장 한가운데로 이동한 내 앞에 하르파 씨가 느긋한 발걸음으로 다가왔다.

그 손에는 그의 키만 한 나무 막대기…… 아니, 곤봉이 쥐어져 있었고, 그것을 빙글빙글 돌리며 여전히 웃고 있었다.

키리하와 쿄우의 이야기를 들은 지금은 그 웃음이 뒤숭숭하게 보이는데…….

"……괜찮습니다. 시작해도 돼요."

"그러신가요. 음, 스즈네 씨. 개시 신호를 부탁드려도 될까요?"

"어? 그래, 상관없어."

선배가 고개를 끄덕였고 우리는 마주 섰다.

나는 어깨너비만큼 다리를 벌렸고, 하르파 씨는 손에 쥔 곤봉을 앞으로 내밀며 낮은 자세를 취했다.

그의 눈동자에서 옅게 빛나고 있던 보라색 마력이 점차 짙어졌다.

괴이하게 반짝이는 그 눈동자에 약간 한기를 느끼면서도 나는 평소처럼 치유마법을 몸에 얇게 둘렀다.

힘을 잘 가감할 수 있다면 좋겠지만, 일단은 지금까지 했던 훈련을 살려서 움직이자.

피할 수 있는 공격은 전부 피하고, 기회가 있으면 최근 며칠간 내가 치유마법의 마력 농도를 어디까지 높일 수 있게 됐는지 시험해 보겠어.

"좋아, 신호한다~."

……선배는 왜 그렇게 즐거워 보이는 거죠?

한 손을 들고 나와 하르파 씨를 번갈아 쳐다본 선배는 그 자리에서 한 걸음 앞으로 나와 올렸던 팔을 휙 내렸다.

"시작!"

그녀의 목소리가 긴장된 공기를 진동시킨 순간, 나는 힘껏 후방으로 뛰었다.

내가 뜀과 동시에 방금 내가 있던 곳을 하르파 씨가 곤봉으로 내리쳤다.

"읏?! 제 쪽이 더 빨리 뛰쳐나왔을 텐데 말이죠……!"

"도망치는 건 자신 있거든요!"

"훗, 잡아 보이겠습니다!"

자세를 바로잡은 하르파 씨는 10미터쯤 후방에 착지한 나를 향해 튀어나왔다.

빨랐다.

로즈와 험상궂은 그 녀석들을 제외하고 이토록 빠르게 움직이는 상대와 싸우는 것은 처음일지도 모른다.

"흡!"

"어이쿠!"

가차 없이 목을 노리고 다가오는 곤봉을 몸을 틀어 피했다.

연속으로 내질러진 곤봉을 냉정하게 눈으로 파악하고 몸을 홱 돌려 옆으로—.

"그렇겐 못 합니다!"

—뛰려고 했지만, 마치 내 움직임을 알고 있었던 것처럼 회전시킨 곤봉에 다리 후리기를 당했다.

"우왓?!"

자세가 무너진 상태에서 그대로 굴러 땅에 손을 짚고 일어났다.

후우, 숨을 토하며 몸을 일으켜 하르파 씨를 시야에 담았다.

"상상 이상으로 어렵네……."

"저도 똑같은 생각을 하고 있답니다……!"

쉴 틈을 주지 않고 계속해서 곤봉이 육박했다.

아까와 마찬가지로 피하려고 했지만, 어떻게 된 것인지 내 안면을 향해 다가오던 찌르기가 직전에 멈추더니 옆으로 쓸어 넘기는

공격으로 바뀌었다.

"……!"

황급히 몸을 굽혀 피하자 이어서 기다리고 있던 것은 내 안면으로 날아오는 하르파 씨의 무릎이었다.

"너무 인정사정없잖아!"

무릎이 코에 닿기 직전에 몸을 틀어 피했다.

모든 공격이 급소를 노리고 있었다. 이러니 키리하와 쿄우가 말리려고 하지.

로즈에게 회피 훈련을 주입받지 않았다면 힘으로 하르파 씨를 기절시키려고 했을 거야……!

"그리고—."

아까부터 내 움직임이 예측되고 있는 듯한 기분이 들었다.

맨 처음 공격부터 첫 움직임이 유난히 빨랐던 것과 뭔가 관계가 있는 걸까? 로즈에게 회피 훈련을 받긴 했지만, 피하는 곳으로 공격이 들어오니 싸우기가 꽤 힘들었다.

"무서운 분이군요! 정말로……! 이만큼 했는데도 멀쩡하다니!"

"끝이 안 나겠어……."

하르파 씨는 그래도 계속 곤봉을 휘두르고 있었다.

나도 하르파 씨에게 섣불리 다가갈 수 없지만—.

"후우……."

슬슬 공격해 볼까.

딱히 상처 없이 이길 생각은 없었다. 회피 중심의 싸움법에서 힘으로 밀어붙이는 싸움법으로 바꿨다.

"스읍……."

천천히 심호흡하고 주먹을 들었다.

하르파 씨가 곤봉을 상단자세로 들고서 돌격해 왔다.

"흡!"

상단에서 내리쳐진 일격을 치유마법을 집중시킨 팔로 막았다.

다소 아프기는 하지만 검이나 창이 아니니 괜찮아!

"마력이 손에……?!"

내 양팔을 보고 경악하며 외친 하르파 씨에게 올려차기를 날렸지만, 그가 간단히 뒤로 뛰어서 거리가 벌어지고 말았다.

하지만 이번에는 내가 쫓을 차례였다.

하르파 씨가 곤봉을 들기 전에 단번에 거리를 좁혀 날아차기를 가했다.

"큭……."

그러나 발차기가 닿기 직전에 회피해 버렸다. 역시 움직임을 읽히고 있다는 전제로 행동하는 편이 좋겠어.

아마코의 미래 예지만큼 반칙 같은 정밀도가 아니기를 기도하며—.

"밀어붙인다!"

품으로 뛰어든다는 목적은 달성할 수 있었다.

하르파 씨도 곧장 평정심을 되찾았는지 되돌린 곤봉을 나를 향해 내질렀다.

이번에는 못 피할걸!

"예측할 수 있으면 해 봐!"

안면을 노리고 다가오는 곤봉을, 마력을 두른 주먹이 아닌 반대쪽 주먹으로 쳐서 방향이 틀어지게 했다.

빗나간 곤봉 끝이 뺨을 찢어 피가 뿜어져 나왔지만 신경 쓰지 않고 힘껏 주먹을 당겼다.

"흡!"

"아니, 이 거리에서?!"

하르파 씨가 눈을 크게 떴다.

나는 그에 아랑곳없이 복부에 주먹을 찔러 넣었다.

"컥……?!"

주먹이 뭔가 딱딱한 것에 막혔으나 그대로 기세를 멈추지 않고 끝까지 휘둘렀다.

하르파 씨는 주먹을 맞고 허공을 날았다.

비거리는 길지 않았지만, 로즈가 나를 때릴 때 광경이 지금과 비슷했겠지.

……응?

아…….

"이런……!"

나는 바보인가?!

왜 로즈를 기준으로 본 거야?!

기절하는 정도면 충분한데 왜 굳이 날려 버린 거냐고!

아무리 치유 펀치로 때렸다지만 이건 역시 안 되잖아!

지면에 떨어지려는 하르파 씨를 허둥지둥 도우러 갔다.

하지만 하르파 씨는 공중에서 자세를 바로잡고 지면에 착지하더니 그대로 무릎을 꿇었다.

“하하하, 모의전 중에 죽을지도 모르겠다는 생각이 든 건 처음이에요…….”

“죄송해요! 살짝 힘 조절을 잘못했다고 할까, 사람이 날아가는 것에 익숙해져 버렸다고 할까…….”

방금 시야 끄트머리에서 학생들의 얼굴이 「거짓말이지?」 하는 표정으로 파래지는 게 보인 것 같은데…….

“이게 없었으면 위험했어요…….”

그는 두 동강이 난 곤봉을 보여 주었다.

그렇군, 주먹이 닿기 직전에 되돌린 곤봉으로 내 주먹을 막은 건가…….

용케 늦지 않고 방어했다. 전장에서 만났던 마족보다 압도적으로 반응이 빨랐다.

남몰래 감탄하고 있는데, 두 동강 난 곤봉을 쌍검처럼 휘두른 하르파 씨가 그것을 재차 내게 겨눴다.

“계속하는 건가요?”

“다행히 당신의 치유마법 덕분에 큰 대미지도 입지 않았기에……. 이런 데서 끝낼 수는 없죠. 당신은 제가 상상했던 것보다 훨씬 매력적인 강함을 지니고 있습니다. 그렇기에 그런 당신이 비웃음당하는 걸 허락할 수 없어요.”

그렇다고 해도, 몸이 날아가는 일격을 받고서도 여전히 전의를 잃지 않는 것은 예삿일이 아니었다.

나로서는 이제 그만하고 싶지만, 그럴 수도 없는 것이 고달팠다.

"하아, 알겠습니다."

치유마법을 집중한 주먹을 펴고 조금 전에 찢긴 뺨에 대서 상처를 고쳤다. 상처가 깨끗하게 없어진 것을 확인한 나는 하르파 씨를 향해 주먹을 들었다.

"얕잡아 보고 있지는 않았습니다만, 치유마법이 이토록 성가신 마법일 줄은 몰랐습니다."

상황은 아마 내가 우세—.

그러나 하르파 씨가 들고 있는 무기가 바뀌었다. 두 동강 난 곤봉을 양손에 든 그는 무기가 둘이 되면서 공격 수법이 늘어나게 되었다.

공격 범위는 짧아졌지만 그 이상으로 성가실 것 같았다.

"부술까……."

아까 그 감촉을 생각해 볼 때, 부러뜨리는 데 그다지 많은 힘은 필요 없었다.

관전 중인 학생들이 장례식 분위기로 조용한 것이 신경 쓰이지만, 지금은 눈앞의 하르파 씨를 무력화하는 일만 생각하자.

나도 안면과 목만을 노리는 공격에 간담이 서늘해지는 느낌은 이제 충분했다.

"마침내 제대로 싸울 마음이 드신 것 같군요."

"처음부터 그럴 마음이었는데요……."

"농담도……. 저도 당신과의 실력 차이 정도는 이해할 수 있습니다. 당신은 범상치 않은 신체 능력만으로 제 『눈』을 능가했어요. 당신의 본분은 다른 사람을 치유하고 살리는 것인데 싸움에 끌어들여서 정말로 죄송하게 생각합니다……. 하지만 이것도 제 역할입니다."

역할? 역할이라니 뭐지?

아니, 지금은 일단 제쳐 놓자.

비애로 가득 차 있던 하르파 씨의 눈이 야수를 연상시키는 기백을 내뿜기 시작했다. 익숙하게 곤봉을 양손에 든 그의 모습은 마치 내가 공격해 오기를 기다리고 있는 것처럼 보였다.

"내가 공격하는 걸 기다리고 있다면—."

갈 수밖에 없나.

제자리에서 가볍게 점프하며 뛰쳐나갈 타이밍을 노렸다. 하르파 씨가 카운터를 노리고 있든, 방어에 전념하든, 내가 할 수 있는 일은 변함없었다.

달리고 때린다— 그저 그것뿐이다.

"핫!"

우측 전방으로 뛰어 하르파 씨의 측면을 차지했다.

역시 하르파 씨의 눈은 내 모습을 인식하고 있었지만 그에 상관하지 않고 치유마법이 담긴 주먹을 내질렀다.

하르파 씨는 두 곤봉으로 내 주먹을 막음과 동시에 후방으로 뛰어 충격을 흘렸다.

"으윽!"

뭔가 반응하는 방식이 부자연스러운데…….

눈으로 나를 좇고 있으면서도 몸의 반응은 확연하게 느렸다.

계속해서 발차기를 날리자 이번에는 확실하게 피하고 반격까지 해 왔다.

"……음."

고개를 기울여 찔러 들어오는 곤봉을 피한 후 한 걸음 물러나 다시금 그를 관찰했다.

분명 내가 밀어붙이고 있을 텐데 공격이 제대로 통하질 않았다. 하르파 씨가 철저히 방어하고 회피한다면 나는 그를 이길 수 없을 거라는 생각조차 들었다.

"힘, 속도, 체력으로는 절대로 이길 수 없죠……. 하지만 쓸 수 있는 수단은 얼마든지 있습니다!"

그렇게 말한 하르파 씨는 내가 아무리 공격해도 받아넘겼고 동시에 거리를 벌렸다.

"뭔가 터무니없는 괴물과 싸우고 있는 듯한 표정은 짓지 말아 주셨으면 좋겠는데요!"

이건 귀찮네…….

"이렇게까지 내 공격이 안 먹힐 줄이야……."

격투기에 관해서는 생초보인 내 움직임은 그렇게 읽기 쉬운 걸까?

"그렇다면……."

피할 것이라 상정하고 하르파 씨에게 앞차기를 날렸다.

예상대로 하르파 씨는 뒤로 뛰어 발차기를 피했지만 상관하지 않고 기세를 몰아 거리를 좁혔다.

"읏! 그렇게 나오시는 겁니까!"

"요리조리 도망치는 건 끝이다!"

아마추어인 나라도 이 거리라면 잡을 수 있다!

이번에는 곤봉으로 방어할 것을 내다보고서 주먹을 세게 움켜쥐었다.

지금껏 싸우면서 그에게는 조심할 필요가 없음을 알았다. 그러니—!

"부수겠어!"

그 걸리적거리는 곤봉을 말이야!

아까 하르파 씨를 날려 버렸을 때보다도 더욱 주먹에 힘을 주었다.

위에서 내리치듯 휘둘러진 주먹이 그의 손을 노리고 돌진했다.

"훗—."

"……?!"

하지만 하르파 씨는 지면에 착지하기 직전에 등 뒤에 있던 무언가를 박차고 몸을 틀어서 내 주먹을 피했다.

"배후는 제 차지군요!"

"으억?!"

몸을 틀어 배후로 돌아든 그는 내 등에 원심력을 실은 곤봉 일격을 날렸다.

크게 아프지는 않았으나 그 일격은 목표를 잃은 내 주먹에 힘을 실어주기 충분했다.

"이크?!"

멈출 타이밍을 잃은 주먹은 조금 전 하르파 씨가 회피하기 위해 찼던 물체를 직격했다.

한순간 뭉글한 감촉이 주먹을 감쌌지만, 기세가 실린 주먹은 그 탄력에 흡수되지 않고 그대로 뚫어 버렸다.

"……아."

그제야 마침내 내가 무엇을 때렸는지 이해했다.

지면에 단단히 고정된 그것은 아까 선배와 카즈키가 파괴했던 『과녁』이었다.

"허……? 거짓말이지?"

"저거 맨손으로 파괴할 수 있는 건가?"

"저런 위력에 맞는다면 인간은 못 버틸 거야……."

학생들의 목소리에 식은땀이 났다.

하르파 씨를 내버려 두고 선배 쪽을 슬쩍 보았다.

더할 나위 없이 의기양양한 얼굴로 내게 엄지를 척 치켜드는 선배.

눈을 반짝이며 나를 보고 있는 카즈키.

몸을 덜덜 떨고 있는 키리하와 그런 그녀를 걱정스럽게 보고 있는 쿄우.

그리고 「괴물」을 보는 듯한 눈으로 나를 쳐다보고 있는 학생들.

"이거, 우연히 망가지기 직전이었던 거니까……."

눈물겨운 변명을 하며 뚫어 버린 과녁에서 팔을 뽑으려고 힘을 주었다.

—어, 어라? 안 빠져?!

"놓치지 않겠습니다!"

등 뒤에서는 호기라는 듯이 하르파 씨가 달려왔다.

예상치 못한 위기에 나는 당황했다.

"자, 잠깐 타임, 타임! 안 빠진다고!"

"쓸 수 있는 건 전부 씁니다! 설마 관통할 줄은 몰랐지만…… 그것도 제 전략!"

"그 무슨 무계획 전략이야!"

찡찡대는 동안 하르파 씨가 공격을 가해 왔다.

과녁에서 팔이 빠지지 않은 채로는 역시 위험했다. 그렇다고 해서 한쪽 팔과 다리만으로 싸울 수 있을 만큼 만만한 상대도 아니었다. 그보다 자유롭게 움직일 수 없는 상황에 몰린 시점에서 끝이나 마찬가지였다.

아니아니! 이렇게 허무하게 끝날 순 없어! 이런 식으로 결판이 나면 로즈한테 죽는다고!

"우오오오오오오!"

"읏, 크윽?!"

곤봉을 내지른 하르파 씨의 측두부에 하이킥을 가해 날려 버렸다. 하르파 씨가 방어해 공격은 막혔지만 시간은 벌었다.

그럼 이제 하르파 씨가 돌아오기 전에 이 과녁을 통째로 뽑는 거다!

과녁에 박힌 왼팔 밑에 오른팔을 대고서 힘껏 들어 올렸다.

"우사토 군?! 저질러 버리는 거야?! 마침내 인간의 영역을 넘어서 버리는 거야?!"

거기 선배, 시끄러워요!

이를 악물고, 지면에 발이 파고들 만큼 힘을 주자 조금 전까지 전봇대처럼 꿈쩍도 안 했던 과녁이 흔들거리기 시작했다.

"으랴아앗!"

오른손으로 과녁을 쳐서 단숨에 끌어 올리니 생각보다 얕게 박혀 있었는지 1미터쯤 되는 밑동이 지면 위로 솟았다.

과녁은 지면에서 빠졌지만 제일 중요한 팔은 아직 과녁에 박힌 채인데, 어느새 자세를 바로잡은 하르파 씨가 곤봉을 내리치려 하고 있었다.

"그렇게 간단히 당할 것 같아?!"

뒤로 돌면서 과녁에 박힌 왼팔을 휘둘렀으나 하르파 씨는 뒤로 뛰어 그것을 무난히 피했다.

"설마 과녁째 뽑을 줄이야……."

"저도 깜짝 놀랐어요……."

하지만 의외로 얕게 박혀 있었네. 생각보다 뽑는 게 간단했—.

"고정마법으로 보강된 과녁조차 뽑다니, 역시 대단하십니다, 우사토 씨."

"흐, 흐응. 하, 하지만, 저도 뽑는 건 힘들었어요."

—내가 뽑은 과녁은 우연히 고정마법이란 것의 보강이 약해져 있었던 거야.

그나저나 과녁을 박차고 내 배후를 차지한 것은 놀라웠다.

격투 능력도 뛰어나고, 주위 사물을 이용한 전투법도 훌륭했다. 키리하와 쿄우가 걱정하는 것도 이해가 될 만큼 강했다.

무엇보다 성가신 것이 내 움직임을 완전히 읽고 있는 점이었다. 우선 그것을 어떻게든 해야 했다.

"그러고 보니……."

과녁에서 왼팔을 억지로 뽑은 나는 조금 뜨거워진 머리를 식히며 어떤 사실을 떠올렸다.

그것은 하르파 씨의 『마시(魔視)』라는 마안 계통 마법이 사람이든 사물이든 관계없이 마력의 흐름을 볼 수 있다는 사실이었다.

아마코의 예지마법에 사로잡혀 그의 마시라는 계통 마법을 제대로 보지 못한 것은 내 부주의지만…….

만약 그 마시를 응용한 것이 아마코의 미래 예지— 아니, 공격을 『감지』하는 것이라면 내 움직임이 모조리 예측되는 것도 이해가 갔다.

하르파 씨는 나와 처음 만났을 때 「내 몸에 흐르는 마력에 흠이 없다」고 했었다.

즉, 하르파 씨의 눈에는 내가 마법을 사용하지 않을 때의 마력 흐름도 보인다는 뜻이다.

"확인해 볼까."

공격을 예측당하는 상태여서야 어떤 공격도 결정타는 될 수 없다.

그렇다고 진심으로 공격하는 것은 인간인 하르파 씨를 상대로 너무 위험하고, 아까처럼 내 힘을 이용당할 가능성도 있었다.

방법은 이것뿐이다.

"……뭔가 하시려나 보군요."

치유마법을 담은 왼손으로 가볍게 주먹을 쥐고 하르파 씨에게 접근했다.

일부러 공격할 필요는 없었다.

내가 확인하고 싶은 것은—.

"이거다……."

치유마법의 마력을 왼손에서 오른발로 이동시키고 왼쪽 주먹을 내질렀다.

속도도 위력도 그런대로 있지만 하르파 씨라면 쉽게 받아넘길 수준이었다.

"읏!"

그러나 하르파 씨는 예상 밖이라는 것처럼 눈을 깜박이더니 황급히 내 주먹을 방어했다. 아슬아슬하게 방어가 늦지 않아 막기는 했지만— 대충 파악했어.

"마시로 보이는 건 마력의 흐름뿐만이 아닌 거죠?"

"……눈치채셨습니까."

거리를 벌리고서 곤봉을 내린 그는 단념한 것처럼 숨을 내쉬었다.

"사람의 몸에는 마력이 순환하듯 흐르고 있습니다……. 이건 아시겠죠."

하르파 씨는 의외로 순순히 실토했다.

딱히 들켜도 문제없을 것이다. 움직임을 예측하는 눈을 가진 상대의 대책이라고는 눈을 못 쓰게 하는 것뿐이니까.

"평온한 강처럼 흐르는 마력은 마법 발동과 사용자의 동작에 따라 『흔들림』이 생깁니다. 저는 그 『흔들림』을 보고 당신의 움직임을 읽고 있습니다. 당신처럼 신체 능력으로 제 마력을 능가해 버리면 어떻게 할 수가 없는 게 약점입니다만……."

그렇군, 『흔들림』인가.

방금 하르파 씨의 반응이 늦어진 것은 내가 일부러 마력을 이상하게 움직여서 하르파 씨의 혼란을 유도했기 때문으로, 『흔들림』이 보이지 않아서 공격해 올 것이 왼손인지 오른발인지 예측할 수 없었다는 건가.

내가 이해한 것을 보고 하르파 씨는 다시 곤봉을 내게 겨눴다.

"하지만 조금 전과 같은 명백한 페인트에는 이제 걸리지 않을 겁니다. 저는 더 싸울 수 있어요……."

"아뇨, 다음 공격으로 끝내겠어요."

하르파 씨가 내 마력을 보고 움직임을 읽으려 하고 있다면 긴말할 필요 없다.

간단한 페인트에 걸리지 않는다면 내게는 딱 좋은 비장의 패가 있었다. 살짝 위험성은 있지만 마력의 흐름이 보이는 그에게는 분명 엄청난 효과를 볼 것이다.

나는 조금 전과 마찬가지로 하르파 씨를 향해 달리기 시작했다.

"아무리 빨라도 그렇게 몇 번이고 직진이어서야—!"

그런 건 알고 있다. 하지만 이 수법을 쓰려면 오히려 정면— 하르파 씨의 시야 중심에 있는 편이 좋다!

나는 발을 멈추지 않고 치유마법을 담은 오른손을 그에게 보이도록 앞으로 들었다.

"페인트에는 걸리지 않는다고—."

"이래도?"

나는 치유마법이 발동된 오른손에 최대한 마력을 쏟아 부었다. 연한 초록색이 잉크를 보탠 것처럼 진해지며 내 오른손을 빛냈다.

"빛났……?!"

하르파 씨의 마시 대책법은 그의 눈을 멀게 하면 그만이었다.

내가 그대로 오른손을 옆으로 휘두르자 그의 시선은 의지와 상관없이 오른손에 집중되었다.

"하앗!"

상대가 너무 좋은 눈을 가지고 있기에 가능한 공략법—.

내 움직임을 좇을 만한 감도를 가지고 있는 그의 눈이 강력한 치유마법의 빛에 휩싸인 오른손의 움직임을 좇지 않을 리가 없었다.

치명적인 빈틈을 보인 하르파 씨에게 단숨에 접근한 나는 그가 들고 있는 곤봉을 걷어차고 주먹을 내질렀다.

"아닛—?!"

"거기다!"

하르파 씨가 방어하는 것보다도 빨리 어퍼컷처럼 올린 주먹을 그의 턱에 닿기 직전에 멈췄다.

이래도 그가 싸움을 계속할지 내심 전전긍긍하며 그의 얼굴을 바라보자—.

“하, 하하하하! 설마 이렇게 허무하게……. 항복입니다. 철저하게 졌습니다. 역시 당신은 제가 생각한 대로 강했습니다.”

하르파 씨는 패배를 인정하고 양손을 들었다.

겨우 끝났다. 정말로 여러 가지 의미에서 종이 한 장 차이의 승부였어…….

그렇게 안도하고 있을 때, 오른손이 얼얼하다는 것을 깨달았다.

고개를 숙여 보니 손에서 피가 흐르고 있었다.

미숙한 상태로 즉석에서 마력을 보탠 탓에 손이 부하를 견디지 못한 모양이었다. 곧장 치유마법을 둘러 깨끗하게 상처를 고친 나는 그 손을 천천히 쥐었다.

“하지만 상처는 저번만큼 깊지 않아.”

나도 성장하고 있었다.

적어도 이전보다는—.

확실한 성장을 실감한 나는 나답지 않게 작게 승리 포즈를 취하고 말았다.

***

“후후후, 너라면 해낼 줄 알았어, 우사토 군.”

모의전을 끝내고 모두의 앞으로 돌아오자마자 선배에게 전혀 기쁘지 않은 말을 들었다.

주위를 둘러보니 학생들은 술렁거리면서 나를 보고 있었고, 하르파 씨는 만족스럽게 웃고 있었다.

그와 싸우고 한 가지 과제를 발견했다.

인간과 싸울 때의 힘 조절이었다.

마족이나 마물을 기준으로 때리면 엄청난 일이 된다.

이번에 정상적(?)인 인간과 싸우면서 그것을 잘 알았다.

"하아……."

"네 성격은 잘 알지만, 데몬스트레이션에는 이 정도 화려함이 필요하잖아?"

"데모…… 뭐요?"

그렇게 질문했지만 선배는 의미심장하게 웃을 뿐이었다.

뭔가 알고 있다면 뜸 들이지 말고 가르쳐 줬으면 좋겠는데…….

"우사토 씨, 조금 전 싸움은 정말 훌륭했습니다. 설마 계통 강화를 다루실 줄은 생각도 못 했습니다. 깜짝 놀랐어요."

선배에게 다시 한 번 질문하려고 했을 때, 하르파 씨가 말을 걸어왔다.

그는 내가 마력 농도를 조절한 것에 놀란 것 같았지만 하급생 아이들은 그가 무슨 말을 하고 있는지 이해하지 못한 모습이었다.

"아, 그러고 보니 여러분은 아직 마법의 계통 강화에 관해 배우지 않았지요. 계통 강화란 마력의 농도를 강화하는 기술입니다. 마력 농도는 태생적으로 거의 정해져 있는데, 이것을 뒤집는 것이 계통 강화입니다. 이 기술을 연마하면 설령 빈약한 불 계통 마법사더라도 거센 불길을 다룰 수 있게 됩니다."

치유마법의 계통 강화는 그저 단순히 타인을 치유하는 효력을 높이고 반대로 자기 몸에 대한 효력을 낮출 뿐이지만, 다른 마법에는 또 다른 효과가 있는 건가?

"그럼 어째서 빨리 가르쳐 주지 않냐는 표정들이군요. 하지만 이 계통 강화는 미숙한 마법사가 다뤄도 될 기술이 아닙니다. 자칫 잘못하면 자신이 보탠 마력이 폭주해 파열하죠. 상당히 마력을 잘 다루는 자이거나—."

그렇게 설명하면서 옆으로 다가온 하르파 씨는 내 어깨에 손을 얹더니 학생들을 둘러보며—.

"손이 갈가리 찢기더라도 그것을 돌아보지 않고 훈련을 계속할 수 있는 자만이 계통 강화를 습득할 수 있습니다. 오늘 일은 여러분에게 좋은 공부가 되었을 겁니다. 여러분이 얕보던 치유마법사의 전투를 보게 되어서 말이죠."

그렇게 설명을 마무리했다.

하르파 씨, 완전히 도발하고 있군요. 심지어 열받은 것 같은데?

일부 학생이 잔뜩 골난 모습으로 이쪽을 노려보고 있고, 맨 처음 모의전을 제안했던 트윈테일 소녀는 눈에 핏발이 섰다고!

"응?"

그 때, 학생들 뒤쪽에 있던 건물 입구에서 한 소년이 멍하니 나를 보고 있었다.

검댕투성이 로브를 입고 몸집이 작은…… 나와 똑같은 치유마법사 소년이었다.

소년과 눈이 마주쳤다.

믿을 수 없는 것을 본 듯한 눈빛이었다.

하르파 씨의 의도가 뭐였든 간에 내 행동은 경솔했을지도 모른다.

치유마법사의 힘은 보일 수 있었다.

하지만 저 소년에게는 이 힘이 어떻게 비쳤을까.

기분이 말이 아니었다.

제3화 우사토! 제자를 가지다!

"뭐…… 기운 내, 우사토 군."

"나, 나는 우사토가 싸우는 모습을 처음 봤는데, 굉장했어!"

마도학원에서의 수업 견학을 끝낸 나는 안내받은 식당에서 푹 엎드렸다.

모의전에서 경솔한 짓을 저지른 것을 여전히 후회 중이었다.

"나는 어째서 이렇게 생각이 없는 거야……. 진짜 기가 막혀서……."

두 사람은 「굉장한 마법을 쓰는 용사」라는 말을 듣겠지만, 내 경우는 어떻게 봐도 마법사의 전투 방식이 아니고, 무엇보다 평판이 좋다고는 할 수 없는 치유마법사였다.

소문에 여러 가지 살이 붙어서 난무해도 이상하지 않았다.

"그건 우리도 마찬가지야. 별생각 없이 참가해서 우사토도 나서야 할 상황이 되어 버렸으니까……."

"나도 일시적인 감정에 너무 휘둘렸어. 미안."

"사과하지 말아 주세요. 결과적으로 참가하기로 한 건 저니까요."

문제는 「내 행동이 이 학원에 어떤 영향을 미칠 것인가」 하는 점이었다.

나와 같은 치유마법사인 그 아이에 대한 비난이 거세질지도 모른다.

……그 전에 두 사람에게 그에 관해 이야기해야겠지.

나는 부랴부랴 그 골목 안쪽에서 만났던 루크비스의 치유마법사에 관해 설명했다.

카즈키는 진지한 표정으로 내 이야기를 들어 주었지만 이누카미 선배는 뭔가 생각하는 바가 있는지 팔짱을 낀 채 입을 열었다.

"그래서, 넌 어떻게 하고 싶어?"

"예?"

"그 치유마법사를 돕고 싶어? 아니면 괴롭힘당하지 않게 만들어 주고 싶어?"

선배의 발언은 비슷한 뜻으로 들리지만 전혀 달랐다.

전자는 앞으로도 위해가 가해지지 않도록 하는 것, 후자는 임시방편— 우리가 이곳을 떠날 때까지의 대책일 뿐이었다.

"솔직히 저도 어쩌면 좋을지 모르겠어요……. 하지만 못 본 척 넘어가고 싶지는 않아요."

"……뭐, 나도 우사토 군이 바보 취급당했을 때는 가만있을 수 없었으니까. 조금 다르지만 그것과 비슷한 거겠지."

"그런 창피한 대사를 잘도 말하네요……."

"너는 우리의 귀중한 동료인걸. 소중하게 여기는 건 당연해."

갑작스러운 말에 손으로 입가를 덮으며 고개를 돌렸다.

「오, 쑥스러워하는 건가?」 하고 장난치는 선배와 「그만하세요……」 하고 쓰게 웃으며 그녀를 나무라는 카즈키에게 눈길이 가지 않도록 했다.

어째서 이 유감스러운 선배는 이런 기습을 가해 오는 걸까!

너무 비겁하다.

고개를 돌린 채 곁눈질로 보니 퍼뜩 무언가가 생각난 듯한 선배가 다정한 표정을 히죽 웃는 표정으로 바꾸고서 내 어깨에 팔을 둘렀다.

왜 이렇게 엉겨 붙는 거지? 조금 전과는 달리 굉장히 귀찮은 느낌이 드는데?

“아, 그러고 보니 우사토 군. 오늘은 네가 묵고 있는 곳에—.”

“그건 안 돼요.”

“흐름상 허락해 줘도 되잖아! 봐, 난 좋은 선배야!”

자기가 직접 할 말은 아니지.

“여관에서 호화로운 식사와 깨끗한 잠자리가 제공될 거 아니에요. 그걸로 참으세요.”

“그런 거 필요 없어. 나는 그저 판타지와 살고 싶을 뿐이라고!”

“안심하세요. 당신의 언동이 판타지야.”

판타지와 함께 산다니 무슨 소리야.

솔직히 좀 깼어.

나를 설득하기는 어렵겠다고 판단한 그녀는 갑자기 일어나더니 내 어깨를 붙잡았다.

주위의 시선이 모였다.

“잠깐, 진정하세요……. 저는 딱히 심술부리려고 안 된다고 하는 게 아니에요.”

“키리하는 우사토 군한테 물어보라고 했어.”

“어느새 접촉한 거야?!”

아까 훈련했을 때인가?! 너무 빈틈이 없잖아!

심지어 키리하도 나한테 완전히 떠넘겼고!

“선배, 진정하세요! 우사토도 곤란해하고 있으니까 그만해요!”

카즈키가 선배를 만류했다.

예전 같으면 얌전해졌을 테지만 이번만큼은 선배도 끈질겼다.

“안 그만둬! 이번만큼은 물러나지 않겠어. 나는…….”

그때, 어깨를 붙잡고 있던 선배가 내 등 뒤를 보더니 「오」 하는 소리를 냈다.

조금 전까지 그렇게나 이성을 잃은 모습이었는데 금세 냉정해지는 것을 보면 역시 대단하다는 말밖에 안 나오지만, 내 뒤에 누가 있는 걸까.

“후후후, 즐거워 보이네요.”

“여러분은 뭐 하고 계신 건가요…….”

금발이 특징인 여성, 글래디스 씨와 그 뒤에 있는 웰시 씨가 나와 선배를 신기하다는 눈으로 보고 있었다.

두 사람은 우리에게 용건이 있는지 내 맞은편에 앉은 카즈키 옆에 앉았다.

……점심 먹으러 온 건 아닌 것 같네.

“여러분께 사과해야 할 일이 있어요.”

“사과라뇨?”

전혀 짐작 가는 바가 없었다. 왜 글래디스 씨에게 사과를 받아야만 하는 걸까. 오히려 소동 비슷한 것을 일으킨 내 쪽이 사과해야 할 것 같은데…….

그녀는 식당에 있는 학생들의 주목을 받으면서도 전혀 신경 쓰지 않고서 우리를 둘러보았다.

"어제 여러분이 나가고 바로 이곳 교사들을 불러 모아 링글 왕국과의 협정에 관해 이야기를 나눴습니다."

"그게 저희에게 사과하는 것과 이어지는 건가요?"

우리에게 좋지 않은 결과가 나온 걸까?

"그게…… 교사들 중에는 서신의 내용에 부정적인 자도 있었습니다. 그들은 용사라는 존재에 회의적이었고, 마왕군이 그렇게까지 강한지 의문을 품고 있었죠. 실력조차 의심스러운 여러분은 믿을 가치가 없다, 우리는 이 나라의 아이들을 지키기 위해 있다는 의견이 많이 나왔어요."

"……저희는 이웃 나라의 사신이라고는 해도 외부인이에요. 의심받아도 불평할 수는 없죠."

"하지만 그건 그냥 명분이고 사실은 다들 무서운 거예요. 마왕군과의 싸움을 옛이야기로만 아는 그들에게 마왕이라는 존재는 무척 거대하게 보이죠. 그래서 필사적으로 반대한 거예요……. 하지만 요전번 싸움에서 링글 왕국이 마왕군에 졌다면 다음으로 공격받았을 곳은 이웃 나라인 루크비스였을지도 모릅니다."

그야 그럴 것이다.

링글 왕국이 마왕의 손에 떨어지면 마왕군은 링글 왕국을 새로운 거점으로 삼아 세력을 쭉쭉 확대하려고 했을 것이다. 전쟁을 모르는 마법사가 많이 있는 루크비스에 싸울 힘이 있을 것 같지는 않았다.

글래디스 씨도 그것을 알고 있을 것이다.

“아무리 말로 호소해도 여러분의 실력을 전달할 수는 없었어요. 그래서 나는 웰시와 교섭해서 다소 무리한 시도를 하게 됐죠.”

“그래서 저희를 학생들의 훈련에 참가시킨 거군요.”

“눈치채고 있었나요?”

“우사토 군이 싸우고 있을 때, 건물 안에서 그를 보는 사람들이 유난히 많았기에 대충 짐작이 갔어요.”

선배가 말했던 「데몬스트레이션」이라는 건 그런 뜻이었나. 이럴 때 그녀의 통찰력은 무척 믿음직스러웠다.

하지만 그런 건 미리 말해 주지……. 하르파 씨와 싸우는 건 정말 힘들었고, 필요 이상으로 주목을 모으고 말았다……. 아니지, 후자는 글래디스 씨의 계획대로 된 건가?

선배의 말에 글래디스 씨도 겸연쩍었는지 입가에 손을 댔다.

글래디스 씨에게는 연상의 여성다운 침착한 이미지를 가지고 있었는데, 지금은 장난스러운 분위기라 조금 친근감이 들었다.

“속인 형태가 돼서 미안하게 생각해요. 하지만 반대하던 교사들도 예상을 크게 뛰어넘은 여러분의 실력을 엿보고 입을 다물 수밖에 없었어요. 후후후, 설마 맨손으로 고정마법을 파괴해 버릴 줄은 몰랐지만요."

역시 그걸 뽑은 건 예삿일이 아닌 건가…….

매일 하는 훈련으로 내 힘이 강해지고 있다는 건 알았지만 이 정도 수준일 줄은 예상하지 못했다. 역시 기초를 계속 단련하는 것이 중요함을 재확인했다.

그렇게 고개를 주억거리고 있는데, 무언가를 퍼뜩 떠올린 듯한 웰시 씨가 갑자기 자리에서 일어나 무시무시한 얼굴로 내게 말을 쏟아 냈다.

"우사토 님! 마력의 농도 조절은 위험하다고 어제도 말씀드렸잖아요! 그걸 그렇게…… 그렇게 난폭한 방식으로 사용하다니, 잘못됐어요!"

확실히 치유마법의 계통 강화를 양동 작전에 사용한 것은 너무 과했을지도 모른다.

웰시 씨에게는 상당히 심려를 끼치고 말았으니 여기선 순순히 사과하자.

"죄송해요. 무모한 짓이 조금 과했어요."

"아시면 됐어요. 하지만 훌륭한 싸움과 치유마법이었어요."

휴우 하며 웃음을 흘린 웰시 씨의 말에 나도 매일 했던 훈련은 쓸데없지 않았다고 다시금 생각했다.

"하르파는 글래디스 씨와 한통속이었나요?"

선배가 글래디스 씨에게 그렇게 질문했다.

"네, 맞아요. 하지만 맨 처음 도발했던 여자아이는 아니에요. 협력해 준 건 하르파뿐이죠."

그렇다는 건 하르파 씨는 그 소녀가 내게 모의전을 제안하자 옳다구나 싶어서 자신이 대신했던 건가?

"그에게 맡기길 정말 잘했어요. 그가 아닌 다른 마법사였다면 당신의 실력을 가늠하기 전에 끝났을 거예요. 역시 로즈의 부하군요. 인간을 주먹 하나로 날려 버리다니 보통은 절대로 불가능해요."

"하하하, 저는 아직 멀었어요. 저번에 단장님과 훈련했을 때는 하르파 씨가 날아간 거리의 열 배 이상은 날려졌었거든요. 심지어 피하면 피했다고 발차기로 추격타를 날리고. 이런 불합리가 있어서야 되겠냐 싶은 얘기죠."

처음에는 죽을 것 같았지만 익숙해지니 괜찮아졌지.

아마 뇌내 마약 덕분에 통증에 둔해졌기 때문이겠지만.

"그, 그렇군요……."

"우사토 님, 당신은……."

어? 방금 그거 웃을 부분이었는데요.

로즈는 얼마나 무식하게 힘이 센 거야~ 같은 반응을 원했는데…….

조금 전까지 생글거리고 있던 글래디스 씨마저 진지한 얼굴로 돌아가 버렸다. 웰시 씨에 이르러서는 「그 이야기가 사실이라는 건 알지만, 당신은 어떻게 살아 있는 거죠?」라는 눈으로 나를 보고 있었다.

"로즈 씨, 굉장하네……."

"그 사람은 대체 어떻게 된 사람일까……."

카즈키와 선배도 각각 반응을 나타냈다.

뭔가 분위기를 이상하게 만들어 버렸어…….

"마, 맞다, 글래디스 씨. 부탁이 하나 있어요."

"뭔가요? 너무 과도한 부탁이 아니라면 허락할 수 있지만……."

"블루링……이 아니라, 제가 데리고 있는 마물…… 사역마라고 하나요? 그 녀석이 이 도시를 걸어 다니게 해도 될까요?"

"사역마를 가진 아이는 이곳에도 많으니까 상관없어요."

좋아, 허가를 받았다.

기다려라, 블루링 녀석. 늘어지게 잘 수 있는 것도 오늘까지야. 내일부터 확실히 달리게 하겠어!

블루링과 함께 훈련할 수 있음에 살짝 들떠 있으니 웰시 씨가 조심스럽게 내게 말을 걸었다.

"저기, 우사토 님. 블루링은 사역마가 아니에요."

"엇, 그런가요?"

이게 어떻게 된 거야?

그럼 앞으로 블루링을 뭐라고 표현하면 좋지…….

"웰시, 무슨 뜻이니?"

글래디스 씨가 의아한 표정을 지으며 웰시 씨에게 물었다.

"어어, 우사토 님은 그 마물과 사역마 계약을 맺지 않으셨어요. 그보다 필요가 없다고 하는 편이 옳을지도 모르겠네요."

"필요가 없다고요?"

무심코 끼어들고 말았다.

"사역마 계약이란 건 주인이 될 자의 피와 마물의 피를 매개로

맺어야만 해요. 게다가 주인이 마물을 굴복시켜야만 한다는 엄격한 조건도 있죠."

"엇, 사역마라는 건 여러 절차를 밟아야만 하는 건가요……?"

그런 귀찮은 일이 필요할 줄이야……. 계약서에 대충 적고 끝나는 게 아니었구나.

하지만 역시 그런 계약을 맺자는 생각은 안 들었다. 블루링을 굴복시키긴 싫고, 그런 짓을 안 해도 블루링은 나를 배신하지 않을 테니까.

"우사토 님과 블루링은 주종 관계가 아니에요. 그래요…… 친구에 가까울지도 모르겠어요."

"흐음, 굉장하군요. 사역마 계약도 맺지 않고서……. 우사토, 그 블루링은 무슨 마물이죠?"

"블루 그리즐리예요."

"……네?"

"블루 그리즐리예요."

되물었기에 다시 한 번 대답하자 글래디스 씨는 그대로 굳어 버렸다.

웰시 씨는 「역시나」라는 듯이 머리를 싸맸다.

전에 웰시 씨가 블루 그리즐리는 사람을 잘 따르지 않는다는 식으로 말했었는데, 그래서 사역마로 삼을 수 없는 걸까? 아니면 원래는 위험한 마물이니까?

……그럴 법하다. 블루링도 평소에는 빈둥거리고 있지만 원래는

포악한 마물이고, 그런 녀석이 사역마 계약도 없이 인간과 행동하고 있다고 하면 놀랄 만도 했다.

"아, 음, 위험하지 않다면 괜찮습니다. 아무쪼록 날뛰지 않게 조심해 주세요."

"알겠습니다. 여차하면 제가 제압할 테니까요."

"보통은 말도 안 된다고 의심하겠지만, 당신이 말하니 그런 생각이 안 드네요……."

글래디스 씨가 뭐라고 중얼거린 것 같은데……. 아무튼 블루링을 밖으로 다니게 해도 된다는 허가를 받았다.

블루링이 있으면 훈련 효과가 높아지니 말이지. 그 녀석을 추 대신 쓸 수 있고.

"선배랑 카즈키는 이제 뭐 할 거예요?"

"그러네, 블루링한테 가지 않을래? 모처럼 허가도 받았고, 보러 가자."

"나는 조금 피곤하니 여관으로 돌아갈래. 선배랑 우사토 둘이서 즐겁게 다녀와."

나와 선배를 번갈아 보며 그렇게 말한 것이 신경 쓰이지만, 카즈키는 먼저 돌아가는 건가.

그럼 우리는 블루링을 보러 가자.

"그럼 그렇게 됐으니 저희는 돌아갈게요."

"네, 괜찮다면 또 와 주세요. ……아, 그렇지. 한 달에 한 번 열리는 마법 실기 대회가 일주일 뒤에 있어요. 대전 형식으로 열리는 능력 시험이라 여러 마법을 볼 수 있을 테니 관심 있으면 꼭 보러 와 주세요."

"일주일 뒤에……."

"링글 왕국과의 협정에 관해서는 좀 더 의논이 이어질 것 같아요. 여러분도 할 일이 없어 심심할 테니 내키면 와 주세요."

실기 대회…… 대전 형식의 모의전 느낌인가? 재미있을 것 같다.

글래디스 씨에게 인사한 우리는 그대로 학원을 뒤로했다.

기다려라, 블루링.

언제까지고 빈둥거릴 순 없을 거다.

***

우사토 님과 용사님들이 식당에서 나갔다.

나는 그들의 모습이 보이지 않게 된 것을 확인한 후 옆에 있는 글래디스 학원장님에게 의문을 던졌다.

"말씀드리지 않아도 됐던 건가요?"

"그도 고민하고 있는 것 같았고, 하르파와의 모의전에 교사들을 설득하는 것 외에 다른 의미가 있다는 건 지금은 말하지 않는 편이 좋겠지."

물론 이곳 교사분들에게 세 사람의 실력을 이해시킨다는 의도도 있었다.

그것은 훌륭하게 성공하여 스즈네 님은 압도적인 공격력, 카즈키

님은 정교한 마탄 공격, 그리고 우사토 님은 치유마법을 기상천외하게 활용하여 사람의 영역을 뛰어넘는 속도와 힘을 이용한 격투전을 루크비스의 학생들에게 보이게 되었다.

그렇지만 우사토 님이 계통 강화를 이용한 교란 공격을 펼칠 것이라고는 예상하지 못해서 그것을 봤을 때는 등골이 얼어붙는 줄 알았다.

"힘, 마력, 인종에 치우친 학생들의 의식을 개혁하려면 『계기』가 필요해, 웰시. 그걸 위해 치유마법사인 우사토와 마안 사용자인 하르파에게 불씨 역할을 부탁한 거야."

하르파 씨의 모의전 상대는 우사토 님보다도 『마법사의 정석』인 스즈네 님이나 카즈키 님 쪽이 적임이었지만, 글래디스 학원장님이 굳이 그러지 않은 것은 『그들의 싸움』을 학생들에게 보여 주기 위해서였다.

"고치는 것밖에 못하는 치유마법과 보는 것밖에 못하는 마시. 이 두 마법은 계통은 다르지만 형태는 같아. 그렇기에 두 사람의 싸움은 학생들, 아니, 이곳에 사는 사람들에게 보여 줄 가치가 있었어."

굳어 버린 사상을 바꾸기 위한 모의전.

그 효과는 발군이었다고 해도 좋을 것이다. 강력한 계통 마법과 마력의 양으로 우열을 가리던 학생들은 자신들이 깔보던 마법을 쓰는 자가 자신들보다 훨씬 강하다는 것을 강제로 이해하게 되었으니까.

과격한 방법이지만 더할 나위 없이 합리적인 교정이라는 생각도 들었다.

하지만 서신을 위해서라는 이유가 있다고는 해도 아무 언질도 없이 일을 진행한 것은 죄송스러웠다.

"후후후, 우사토의 행동은 정말 예상 밖이야. 모처럼 여관을 준비했더니 다른 곳에서 묵고 말이지. 게다가 듣자 하니 수인이 사는 곳이라잖아? 여기 사는 수인들은 인간을 몹시 싫어하는데, 정말로 신기한 아이야……."

"아, 아하하하……."

작게 웃는 그녀를 보며 나도 쓴웃음을 흘렸다.

다른 세계에서 소환된 세 사람의 감성은 우리의 인식과 동떨어져 있었다.

이 세계의 모든 것에 마치 어린아이처럼 눈을 반짝였다.

특히 수인인 아마코 님이 우사토 님과 행동하는 모습을 보면 우사토 님을 정말 의지하고 있음을 알 수 있었다. 보통은 절대로 볼 수 없는 광경일 텐데…….

"인간과 다른 생물도 기피하지 않는 그이기에 이 나라의 잘못된 사상을 바꿀 수 있을 거라고 나는 생각해. 어떤 계통이든 눈부시게 빛나는 원석임을, 자신이 타고난 재능을 헛되이 만들면 안 된다는 것을, 자신이 바란다면 사람은 한없이 성장할 수 있음을…… 이해해 줬으면 좋겠어."

이 도시의 책임자로서 그렇게 말하는 글래디스 학원장님의 눈동자는 자상했다.

글래디스 학원장님도 우사토 님에게만 전부 맡기는 것을 안타깝게 여기고 있겠지만 그녀는 이 도시의 수장이다. 현재 학원의 상황을 개선하려고 해도 수장이라는 입장 때문에 선불리 나설 수 없었다.

그렇기에 이 나라 사람이 아닌 우리의 힘을 빌렸다.

하지만 그녀는 이내 자상했던 표정을 바꾸고 고민스러운 듯 손으로 이마를 짚었다.

"오늘 모의전을 본 아이가 성급한 짓을 저지르진 않을지, 그게 걱정이네……."

***

학원을 뒤로한 우리는 여관 앞에서 카즈키와 헤어지고 블루링과 아마코가 있는 마구간 쪽으로 향했다.

옆에서 나란히 걷는 선배는 묘하게 기분이 좋아 보였는데, 처음 이곳을 지났을 때처럼 이상한 상품에 정신이 팔려 어딘가로 가 버리지는 않을지 걱정되었다.

"너랑 똑같은 치유마법사 아이는 오전의 모의전을 보고 있었던 거지?"

"네, 제 얼굴을 보고 무척 놀라더라고요. 본 적 있는 사람이 자신과 똑같은 치유마법사인 걸 알고 놀란 걸까요?"

"자신과 너무 달라서 놀랐을지도 몰라. 아무것도 모르는 사람이 네가 싸우는 모습을 본다면 치유마법사라고는 생각하지 못할 테니까. 그도 하르파의 말을 듣고 나서야 네가 치유마법사라는 걸 알지 않았을까?"

그렇게 생각할 수도 있구나.

치유마법사스럽지 않다고 자각은 하고 있지만…… 그런가, 하르파 씨의 말을 듣고서 알게 됐다면 그 표정도 납득이 간다.

그런데 기절했다가 깨어났을 때 유난히 서둘렀던 것은 왜일까. 수업에 늦어서?

"……."

괜히 이상한 상상을 부풀리지 말자.

내가 말없이 걷자 선배도 무언가를 헤아렸는지 묵묵히 걸어 주었다.

점심시간을 조금 지난 무렵이라 큰길에는 사람이 많았다. 학원에서 있었던 일이 벌써 퍼졌는지 길을 오가는 사람들이 우리의 모습을 보고 소곤거렸다.

이럴 때 내 단복은 눈에 띄었다. 눈에 띄라고 만들어진 것이니 당연하지만, 지금은 이 디자인이 원망스러웠다.

"네 옷은 눈에 띄는구나."

"벗는 편이 좋을까요?"

"아냐아냐, 그럴 필요는 없어. 네 옷이 단순한 치장이 아니라 분명하게 의미가 있다는 건 알고 있으니까. 오히려 나도 입고 싶어."

"안 된다니까요."

빌려줄 수는 있지만 똑같은 옷을 만들 수는 없었다.

이 옷은 나와 로즈 것, 이렇게 두 벌만 만들어져 있는 모양이었고, 옷에 쓰인 소재조차 뭐로 만들어졌는지 알 수 없었다.

가죽과도, 천과도 다른 신기한 옷감인 것은 확실했다.

“우사토 군…… 앞에…….”

“예?”

선배가 내게 앞을 보라고 재촉했다.

그곳에는 낯익은 골목이 있었고 사람 무리가 보였다. 저 골목 끝에는 치유마법사 아이가 기절해 있던 광장이 있었다.

……불길한 예감이 들었다.

“가죠.”

“어, 앗! 우사토 군?!”

즉각 골목으로 달려가 사람들을 헤치고 안을 들여다보았다.

그러자 무언가가 폭발한 듯한 굉음이 들려왔다.

“설마!”

최악의 상상을 한 내가 그 자리에서 달려 나가려고 했을 때, 시야 끄트머리에 아침에도 봤던 구경꾼 남자가 잡혔다.

남자도 나를 알아챘는지 곤혹스러운 얼굴로 입을 열었다.

“너, 너는 아침에 봤던 이상한 차림의…….”

“대체 무슨 일이야!”

“힉! 아, 아침의 그 녀석이 또 혼쭐이 나고 있어. 게다가 지금까지와는 비교가 안 될 정도로…….”

내 탓인가……!

설마 이렇게 빨리 소동을 일으킬 줄은 몰랐다. 화풀이하고 싶다면 나를 직접 노릴 것이지……!

부글부글 끓어오르는 자신에 대한 분노가 오히려 나를 냉정하게 만들었다. 우선은 이 구경꾼들을 넘어 광장으로 가자.

"선배, 먼저 갈게요!"

"우사토 군?!"

골목의 벽을 박차고 단숨에 구경꾼들을 뛰어넘자 마침내 광장의 광경이 보였다.

그곳에는 치유마법사 소년과— 내게 맨 처음 모의전을 제안했던 트윈테일 여자아이, 그리고 그 추종자로 보이는 남녀 무리가 있었다.

"얼른 일어나. 아니면 억지로 일으켜 줄까?"

"끄, 으으……."

평범한 불덩이와는 조금 다른 다홍색 구체를 손바닥 위에 띄운 소녀는 추종자들과 함께 심술궂은 웃음을 짓더니 소년에게 구체를 쏘았다.

한편 소년은 아침보다도 지독한 상태로 쓰러져 있었다.

왜 치유마법으로 안 고치는 거야?!

……설마, 마력이 고갈됐나?!

"위험해!"

급히 단복을 벗어 오른손에 감으며 전속력으로 달렸다.

몇 초 만에 소년 앞에 도착한 나는 코앞까지 다가온 불덩이를 향해 오른팔을 휘둘렀다.

“흡!”

순간, 불덩이가 폭발하며 작게 생겨난 검은 연기가 잠시 나를 감쌌다.

단복을 태우지도 못하는 위력이지만, 사람이 맞으면 크게 다칠 수도 있는 위력이었다.

검은 연기를 손으로 몰아내고 단복을 다시 입은 나는 어안이 벙벙해져 있는 눈앞의 소녀를 내버려 두고 등 뒤에 있는 소년 쪽으로 손을 들고 치유마법을 발동했다.

“역시 마력이 고갈됐어. 용케 의식을 유지했구나.”

이렇게 다쳤는데 치유마법을 발동하고 있지 않은 것이 그 증거였다.

“어, 어째서…… 나랑, 똑같……은…….”

이미 한계였는지 치유마법을 걸고 있는 도중에 소년은 기절해 버렸다.

가벼운 화상을 입었고, 맞았는지 얼굴에 멍이 들어 있었다. 옷을 들추면 얼마든지 상처가 더 있을 것 같지만…….

문제는 치유마법사인 그가 스스로 고칠 수 없을 만한 상처를 입고 있었다는 점이었다.

이 린치는 몇 분, 아니, 몇 시간 동안 계속된 걸까……. 어쩌면 우리가 모의전을 끝내고 곧장 시작됐을 가능성도 있었다.

“잠깐만요…… 멋대로 고치지 말아 줄래요?”

뒤에서 들려온 소녀의 목소리를 무시하고 소년을 치료하는 데 전념했다.

평생 남을 상처가 있을지도 모르니 고칠 수 있는 건 전부 고쳐 버리자.

그나저나 인간을 상대로 잘도 이렇게 간단히 마법을 쓰는구나. 내가 아는 마법사인 링글 왕국의 기사님들에게는 제대로 된 도덕심이 있었는데…….

딱히 나라를 위해 마법을 쓰라고 이곳 학생들에게 강요하는 건 아니지만, 이런 건 사람으로서 해서는 안 될 일이잖아.

"어이!"

그때 뒤에서 갑자기 누가 어깨를 잡았다.

"뭐야?!"

나도 짜증이 난 상대였던 모양이다. 조금 거친 목소리로 응답하고 말았다.

어깨를 붙잡은 추종자 소년은 내 얼굴을 보더니 아무 말도 못하고 뒷걸음질 쳤다.

"마음에 안 들면 나한테 직접 말할 것이지……."

"차, 착각하고 계신 것 같은데, 그 애랑 저희는 친구예요. 관계없는 당신은 참견하지 말아 주시겠어요?"

트윈테일 소녀의 말에 어이가 없어졌다.

"그런가, 관계없나……. 하!"

이런 모습을 목도하고서 관계없다는 한마디로 끝낼 수 있을 리가 없다.

귀찮으니 전부 기절시키고 치유마법사 소년을 안전한 곳으로 데려가 버릴까?

아니지, 너무 충동적이 되어선 안 돼. 냉정해지자고 마음속으로 수없이 자신을 타이르며 눈앞에 있는 아이들을 보았다.

다섯 명인가.

"치유마법은 너희의 울분을 풀기 위한 마법이 아니야."

나는 배웠다.

지옥과, 아픔과, 존경을…….

로즈에게 배운 이 마법으로 많은 사람들을 구할 수 있었다.

그것은 결단코 누군가의 샌드백이 되기 위한 것이 아니었다.

"나는 말이지, 마법이 얼마나 위험한지 모르는 무지한 네가 어째서 이런 일을 하고 있는지 이해하고 싶지도 않고, 알고 싶지도 않아."

"무지하다고요? 용사 뒤를 따라왔을 뿐인 치유마법사가 뭘 잘났다고—."

"내 상사인 치유마법사가 했던 말이 있어."

생각보다 나는 쉽게 화내는 성격일지도 모른다.

원래 세계에서는 진심으로 화낸 적이 거의 없었고, 이토록 욕지기나는 장면도 저질 영화에서나 봤을 정도였다.

하지만 이건 역시 아니다. 페름이 선배와 카즈키를 죽일 뻔했을 때와는 확연하게 다른 분노가 내 마음속에 퍼져 나갔다.

근처에 심어진 나무에 왼손을 대고 힘을 주자 그 부분이 우두둑 일그러지며 나무 전체가 떨렸다.

"치유마법을 깔보는 별 시답잖은 녀석과 엮였을 때는 망설이지 말고 날려 버려도 된다고. 그야말로 너희는 그 시답잖은 녀석이야……. 무엇보다 친구라는 말은 그 순간을 모면하기 위한 변명으로 쓰여도 될 말이 아니야."

친구 같은 소리 하네. 이런 건 친구에게 할 일이 아니잖아.

콰직 하고 으스러뜨린 나무줄기를 그대로 가루로 만들어 지면에 훌훌 떨어뜨렸다.

그것만으로도 기세등등하던 소녀는 겁먹은 얼굴로 뒷걸음질 쳤다.

그 표정은 나를 향한 공포심으로 물들어 있었다.

"용사를 따라왔을 뿐인 치유마법사가…… 뭐 어쨌다고? 너희도 이 애랑 똑같은 꼴을 당하게 해 줄까? 무리 짓지 않으면 아무것도 못 하는 애송이가……."

한 발자국 다가가자 소녀의 얼굴이 더욱 파래졌다. 개중에는 눈물을 글썽거리는 아이까지 있었다.

그 모습을 확인한 나는 천천히 어깨의 힘을 빼 긴장을 풀었다.

이만큼 위협해 뒀으니 한동안은 얌전하겠지. 로즈의 말투를 흉내 낸 마지막 대사는 효과 만점이었던 것 같고.

아무리 나라도 감정적이 되어 어린아이에게 손찌검할 만큼 경솔하지는 않았다.

그리고 경험상 한번 공포를 심어 두면 반항할 생각 따위 들지 않을 것이다. 다음에 또 이러면 블루링도 데려와서 지금보다 더 무섭게 위협하면 된다.

공갈 따위 그다지 하고 싶지 않았지만, 이걸로 일단은 한 건 해

결이려나?

이제 기절한 소년을 눕힐 만한 곳으로 데려가면 되는데—.

"우사토 군, 진정해."

"응?"

마침내 쫓아온 선배가 나를 진정시키기 위해 어깨에 손을 올렸다.

마침 잘됐다. 상황도 정리됐고, 이 아이를 어디로 옮길지 상담하자.

"아아, 선배. 마침 지금—."

하지만 선배는 내 말을 듣지 않고 소녀 쪽으로 몸을 돌리더니 도발적으로 이런 대사를 꺼냈다.

"너희들, 상당히 치유마법사를 눈엣가시로 여기고 있구나. 정말이지, 실력주의도 이 정도면 그냥 박해야."

어라?

선배, 설마…… 내가 정말로 열받은 줄 아는 건가?

선배는 의기양양하게 내 앞으로 나가 똑바로 섰다.

어느 정도 멀쩡한 사람으로 보이는 선배가 등장하자 소녀는 공포심이 희미해졌는지 발끈한 표정으로 선배를 노려보았다.

"우리는 나라의 미래를 좌우하는 중대한 임무를 지고서 이곳에 와 있어. 그래서 너희를 손봐 줄 수는 없어. 분하게도 말이지."

손봐 줄 수는 없다.

그 말에 기고만장해지려던 소녀에게 못을 박듯 엷게 웃은 선배는 끝에 그렇게 덧붙였다.

왜 화났는지 이해하지만, 뒤에서 곤혹스러워하고 있는 저를 눈치

채 주신다면 정말 기쁠 겁니다.

“대, 대체 무슨 말을 하고 싶은 거야?”

“일주일 뒤에 실기 대회가 있지?”

“읏—?! 거기 그 괴물과 용사를 상대로 이길 수 있을 리가 없잖아!”

“어이.”

흘려들을 수 없는 대사라 무심코 태클을 걸었다.

왜 나를 괴물로 분류한 거야?

“히익?!”

게다가 사람을 괴물이라고 불러 놓고서 그 반응은 이상하잖아.

본성을 드러낸 소녀는 나에 대한 태도가 노골적으로 거리낌이 없어졌다. 이 소녀에게 나는 완전히 적으로 인식되었으니 어쩔 수 없을지도 모르지만…….

그보다 중요한 것은 선배가 말한 실기 대회다. 대체 무슨 의도인지 모르겠지만, 오전에 했던 모의전과 달리 학원의 정식 행사라면 우리는 나갈 수 없지 않나?

“나가는 건 나도, 우사토 군도 아니야. 너희가 조금 전까지 괴롭히던 소년이지.”

“뭐? 거기 쓰러져 있는 녀석이 날 이길 수 있다는 거야?”

잠깐만, 선배의 의도를 전혀 이해하지 못하겠어!

이 소년보고 싸우라고 해도 일방적인 게임이 될 것이다. 애초에 당사자인 소년도 기절해 있고, 나도 방금 위협한 입장인지라 말을 꺼내기 어려웠다.

소녀가 선배를 노려보았지만 그녀는 개의치 않고 뒤에 있는 나를 엄지로 가리켰다.

"일주일 동안 그를 너보다 강하게 만들겠어. 여기 있는 우사토가 말이야."

"뭐?!"

내가 말인가요?!

느닷없이 떠넘겨진 일에 깜짝 놀란 나는 선배를 이쪽으로 돌려세우고 목소리를 낮춰 말했다.

"자, 잠깐만요. 어쩌자는 거예요!"

"이런 문제는 당사자들끼리 해결하는 게 가장 좋아. 조금 과격한 방식이지만, 이것 말고 좋은 방법은 떠오르지 않아."

"그건 그렇지만……."

"그리고 이 도시의 누구보다도 치유마법에 관해 이해하고 있는 네가 적임자야."

그를 단련시킨다고? 고작 이레…… 아니, 오늘과 대회 당일은 무리니까 실질적으로 닷새밖에 시간이 없다.

하지만 이것 말고 방법이 있는가 묻는다면 떠오르는 게 없긴 하지.

괴롭히는 아이들에게 자신의 힘으로 맞서는 이 방법이 괴롭힘을 없애는 데 가장 효과적이면서도 가장 어려운 방법일지도 모른다.

침묵을 허락으로 받아들인 선배는 소녀 쪽으로 다시 몸을 돌렸다.

"받아들이든 받아들이지 않든 그건 네 자유야. 치유마법사인 그에게 지는 게 무섭다면 받아들이지 않아도 돼."

"하! 웃기지마! 그 녀석이 지면 각오해. 용사든 링글 왕국의 사자든 상관없어. 응보를 받게 할 테니까! 대회 날까지 어디 그 팔푼이를 잘 단련시켜 봐!"

소녀는 막말을 내뱉더니 대로로 가는 골목과는 다른 길로 추종자들과 함께 떠나 버렸다.

또 귀찮은 일에 휘말렸네.

"이야~ 우사토 군이 열받은 걸 보고 당황했어. 여기서 그 아이들에게 손을 대면 서신이 문제가 아니게 되니 말이야."

"에잇!"

"아야?!"

일단 멋대로 이야기를 진행한 것에 대한 답례로 가볍게 수도를 내리쳤다. 선배가 선의로 그랬다는 것은 알지만, 아무튼 이렇게 하지 않으면 직성이 풀리지 않았다.

"뭐, 뭐 하는 거야?!"

가볍게 쳤다고 생각했는데 머리를 누른 선배는 울상이었다.

배덕적인 무언가를 느꼈지만 모르는 척 설명했다.

"선배, 저는 화가 나긴 했었지만 딱히 그 아이들에게 손찌검할 생각은 없었어요."

"어? 하, 하하하, 굉장히 무서운 얼굴을 하고 있었잖아."

"가볍게 위협해서 그만 괴롭히게 하려고 그랬죠."

그렇게 말하자 내 말을 들은 구경꾼들이 술렁거렸다.

"가볍게……?"

"그 얼굴이? 책에서 본 오거 같은 형상이었는데……."

"나무줄기를 맨손으로 뜯어냈다고. 수인 수준의 악력이 아니라면 무리야."

"수인? 혹시 동료인가?"

…….

음, 뭐, 내 연기력이 그만큼 굉장했다는 거겠지. 설마 관계없는 구경꾼들까지 질겁할 줄은 몰랐지만.

"문제는 이 아이가 승부에 임할지 말지네요."

"멋대로 정해 버린 건, 그…… 미안하게 생각하지만, 괜한 참견이라는 생각은 안 들어."

"……확실히."

그 상황을 보고 어떻게든 해야 한다고 생각하는 것은 당연하리라.

학생회장이었던 선배라면 더더욱…….

"그건 그렇고, 실기 대회가 내가 상상한 대로라 다행이야. 만약 아니었으면 크게 창피를 당했을 거야."

"왜 선배는 그런 부분도 포함해서 막 나가는 건가요……."

선배의 적당주의에 어이없어하면서도 소년의 몸에 다른 상처가 없는지 확인했다.

마력 고갈 상태에서 폭발하는 마법을 맞았다면 자칫 죽었을지도 모른다.

흉기를 든 어린아이만큼 무서운 것은 없다고 들은 적이 있지만 정말로 무서운 일이었다. 사람을 다치게 하는 마법을 주저 없이 쏘니 말이지.

상처가 남아 있지 않음을 확인한 후 기절한 소년을 어깨에 둘러멨다.

"가볍네."

너무나 가벼운 소년의 몸이 그가 겪은 괴로움을 나타내고 있는 것 같아서 말로 표현할 수 없는 감정이 샘솟았다.

치유마법사를 강하게 만들려면 여러 방법이 있지만…… 일단은 이 아이의 뜻을 확인해야겠지.

***

"……돌아왔더니 왜 이렇게 집이 북적여?"

"어, 그게……."

침대 위에 있는 소년을 보고 키리하가 그렇게 물어서 나는 어색하게 뺨을 긁적였다.

소년이 어디 사는지 알 수 없었기에 일단 키리하가 사는 집으로 데려온 것이다.

지금은 소년이 자고 있는 방에서 키리하와 쿄우에게 추궁받고 있는 중이다.

쩔쩔매는 나를 보고 키리하는 어이없어했다.

"딱히 그 아이를 데려온 걸 비난하는 건 아니야. 어떻게 봐도 괜찮은 얼굴이 아니니까."

"정말 고마워……."

"그래서, 그 녀석은 대체 어떻게 된 거야? 데려온 이유가 있을 거 아니야."

침대에 누워 있는 소년을 가리킨 쿄우에게 오늘 광장에서 일어났던 일을 이야기했다. 설명이 이어질수록 쿄우와 키리하의 표정이 벌레 씹은 것처럼 바뀌었다.

"우사토, 그 녀석은 미나야."

소년을 괴롭히던 아이들의 리더로 보이던 소녀의 이름인가?

고압적이라고 할까, 버릇없는 인상이었는데 실제로도 그런 인물일까.

"내가 말하기도 뭐하지만, 너, 귀찮은 일에 참견하는 걸 좋아하는 거야?"

"그, 그게 무슨 소리야! 나도 좋아서 휘말리는 게 아니라고!"

설마 쿄우에게 기막히다는 눈길을 받게 될 줄은 생각도 못했다. 굳이 따지자면 광장에서의 제안은 이누카미 선배가 계획한 것이었다.

"그래서, 그 미나라는 아이는 누구야?"

"귀족집 딸이야. 그다지 좋은 소문은 안 들리는 녀석이지."

"……."

"우사토도 저 애를 도울 때 봤지? 그 녀석은 상대가 아무리 다쳤어도 웃으면서 마법을 쓸 녀석이야."

"덤으로 집요하지. 찍히면 좋을 게 없어."

키리하도 처음 만났을 때는 공격해 왔으나 그건 자신과 동료를 지키기 위한 것이었다.

하지만 미나라는 소녀에게는 도덕심이 없는 것 같았다.

가장 손쉬운 방법은 그녀가 한동안 대들지 못하도록 하는 것이겠지만, 그것은 선배가 말한 대로 근본적인 해결법이 되지 못했다.

"뭐, 할 수 있는 만큼 해 봐야지."

"괜찮은 거야? 일주일 동안 저 아이를 강하게 만든다고 해도, 오늘과 시합 당일을 빼면 실질적으로 닷새밖에 없잖아."

키리하의 걱정은 타당했다.

"일단 방법이 없진 않아. 상당히 터무니없는 짓을 해야겠지만 말이지."

"터무니없는 짓……."

"내가 구명단에서 받은 훈련을 그에게 시키는 거야. 다행히 치유마법을 다룰 수 있는 상태로 시작하는 거니까 나보다는 힘들지 않겠지만…… 터무니없는 짓이라는 점은 똑같아."

나와는 시작 지점이 다르니 상당히 편할 것이다.

하지만 중요한 것은 이 아이의 뜻이었다. 싸우기를 거부하더라도 강요할 수는 없었다.

무리라고 한다면 나중에 그 소녀에게 사과하러 가자. 응보를 받게 할 거라고 말한 게 무섭지만.

"일단은 이 아이가 깨어나야 훈련을 하든 말든 하겠지."

"……그럼, 너한테 하나 더 묻고 싶은 게 있는데 괜찮을까?"

"응? 딱히 상관없어."

조금 전과는 달리 키리하는 미묘한 표정을 지었다.

뭐지? 따로 신경 쓰이는 점이라도 있나 하고 시치미를 떼면서, 지그시 바라보는 그녀로부터 눈을 돌렸다.

내가 눈을 맞추지 않자 그녀는 등 뒤의 문을 활짝 열었다.

"아마코, 우사토 군은 어쩌고 있을까?"

"스즈네, 얌전히 있으라고 우사토가 그랬잖아."

열린 문 너머에서 귀에 익은 목소리가 들려왔다.

"저기, 그게 말이죠……."

어쩌다 보니 그런 흐름이 됐다고는 하나, 선배를 이곳에 데려와 버린 것은 좋지 않았을지도 모른다.

수인인 키리하와 큐우는 나 이외의 인간을 집에 들이는 것이 탐탁지 않을 테고.

그보다 저 사람은 어디 있어도 자유롭구나. 때때로 그런 부분이 부러워.

"아마코한테 용사에 관해서는 들었으니까 나쁜 사람이 아니라는 건 알아. 하지만 우리 집에 데려오는 건 너무 갑작스럽잖아."

"미, 미안……. 선배가 나쁜 사람이 아닌 건 정말이고 오히려 무척 좋은 사람이지만……. 응, 조금 있다가 돌려보낼게."

"아냐, 적어도 저녁 식사 정도는 대접할게. 모처럼 와 줬고……. 거절당하진 않겠지?"

어째서 불안한 얼굴로 묻는지 신경 쓰였지만, 저 선배가 싫어할

리가 없기에 괜찮다고 하니 그녀는 안도하며 웃은 후 「다행이다」라고 중얼거렸다.

그 말뜻을 어떻게 받아들여야 할지 알 수 없었다.

조금 의문스러웠으나 키리하가 저녁 식사을 준비하러 방을 나가버려서 그 말의 진의는 물어볼 수 없었다.

방에는 나랑 쿄우, 그리고 여전히 자고 있는 소년만 남았다.

"……야."

"응?"

쿄우가 조심스러운 목소리로 내게 말을 걸어왔다.

"미안했어. 처음 만났을 때, 멋대로 말해서 말이야."

"……어?"

갑작스러운 쿄우의 사과에 무심코 그를 돌아보고 말았다. 쿄우는 쑥스러운지 고개를 돌리고 있었다.

지금까지의 태도와는 딴판인 그의 발언에 놀라고 있자 그는 띄엄띄엄 말을 자아냈다.

"처음에는 너처럼 빈약해 보이는 녀석이 아마코를 지킬 수 있을지 의심했어. 하지만 오늘 네가 싸우는 걸 보고 생각을 고치게 됐어. 너는 나약한 치유마법사가 아니야. 분하지만…… 아마코가 너를 택한 건 정답이었어."

이건 불행 중 다행이라고 해야 할까.

하르파 씨와의 모의전은 뜻밖의 효과를 가져왔다. 귀찮은 사태만 일으킨 것이 아니라 쿄우가 나를 인정하는 좋은 기회가 된 모양이었다.

처음 여기 왔을 때에는 쿄우가 날 어떻게 여기든 상관없다고 생각했지만, 줄곧 험악한 사이로 있기는 싫었다. 그래서 그의 말은 솔직히 기뻤다.

어젯밤과 같은 적의를 보내지 않는 그를 보니 무심코 웃음이 나왔다.

그리고 아마코를 정말로 걱정하고 있는 모습에 흐뭇했다.

"왜, 왜 웃어?!"

"아니, 넌 정말로 아마코를 좋아하는구나 싶어서."

"뭐?"

하지만 돌아온 반응은 쑥스러움도, 분개도 아닌 곤혹이었다.

예상과는 조금 다른 그의 반응에 나는 무심코 「어? 아니야?」 하고 얼빠진 목소리를 내고 말았다.

"착각하고 있는 모양인데, 딱히 나는 아마코를 좋아하는 게 아니야."

"엇, 나는 당연히 좋아하는 줄 알았어……."

내가 팔짱을 끼고 생각에 잠기자 쿄우는 「어쩔 수 없네」 하고 중얼거리며 입을 열었다.

"내가 아마코를 걱정했던 건…… 뭐랄까, 우리가 아마코와 만났을 때, 그 녀석이 아주 위태로운 모습이었기 때문이야. 이대로 어딘가로 훌쩍 떠나면 그대로 사라져 버리지 않을까 싶을 만큼."

"아마코가……?"

"내버려 둘 수 없다고 생각했지만 나는 아마코를 막을 수 없었어. 정말이지, 엄마를 살리는 것도 중요하지만 자기가 끝장나면 아무 소용도 없잖아……."

그녀가 여러 나라를 전전하며 멀리 떨어진 루크비스에 오기까지는 무척 힘든 여정이었을 것이다. 쿄우의 이야기만 들어도 그녀가 당시 얼마나 위태로운 상태였는지 알 수 있었다.

링글 왕국에서 보낸 2년은 그녀에게 안심할 수 있는 장소를 만들어 주었을 뿐만 아니라 피폐해진 마음도 치유해 주었을지 모른다.

"인정하고 싶진 않지만 아마코네 엄마를 구할 수 있는 것도, 아마코 본인을 도울 수 있는 것도 너뿐이야. 그러니까…… 우사토, 아마코를 부탁해."

그의 말에 나는 확실하게 고개를 끄덕였다.

쿄우는 생각보다 훨씬 다정하고 솔직한 사람이었다. 생각해 보면 하르파 씨와 모의전을 하게 됐을 때도 제일 먼저 충고하러 온 사람이 그였다.

"……그보다 왜 내가 아마코를 좋아해야 하는 거야? 나보다 어리고, 어떻게 봐도 나이에 걸맞지 않게 볼품— 으악?!"

갑자기 쿄우가 큰 소리를 내며 그 자리에서 펄쩍 뛰었다.

누군가의 습격인가?! 그런 생각이 내 머릿속을 스쳤지만, 다음 순간, 그런 걱정은 바로 해소되었다.

웅크린 그를 뒤에서 무표정하게 내려다보고 있는 소녀의 모습이 눈에 비쳤기 때문이다.

"……쿄우, 그 이상 말하면 화낼 거야."

"아, 아마코…… 너, 꼬리를 힘껏 잡는 건 반칙이잖……!"

손을 꿈지럭꿈지럭 움직이며 쿄우를 내려다보는 아마코의 눈동자는 살기조차 느껴지는 위압감을 내뿜고 있었다. 평상시 그녀와는 다른 분위기에 나도 살짝 움츠러들고 말았다.

여성에게 그런 화제는 금물이라고 들은 적이 있지만 아마코도 저렇게 변하다니…….

멍하니 그 모습을 지켜보고 있는데, 틈을 봐 도망치려던 쿄우가 아마코에게 다리 후리기를 당해 넘어졌다.

도망조차 칠 수 없게 만드는 예지마법의 사용법에 경의를 표하지 않을 수 없었다.

"자, 잠깐만!"

"누가 볼품없다는 거야? 나도 참을 수 없을 때가 있어. 다음에 또 그런 말하면 무사하지 못할 줄 알아."

아마코가 차가운 눈으로 쿄우를 내려다보자 쿄우는 겁먹은 목소리로 외쳤다.

"미, 미안! 잘못했어!"

꼬리를 누르고 굽실굽실 용서를 구하는 쿄우의 모습에서 조금 전과 같은 드센 소녀의 흔적은 찾아볼 수 없었다.

남몰래 전율하고 있었으나 이대로 있다가는 쿄우의 체면이 땅에 떨어질 것 같았기에 도와주기로 했다.

"아~ 아마코. 나한테 용건 있어서 온 거야?"

"……응."

"쿄우, 선배 좀 살펴봐 줄래? 나는 아마코랑 잠깐 얘기 좀 할 테니까."

"아, 알겠어."

꼬리를 감싼 채 비척비척 일어난 쿄우는 어깨를 떨구고 방을 나갔다.

실언한 그가 잘못했긴 하지만, 애수가 감도는 등을 보니 불쌍하다는 생각이 들었다.

떠나는 그의 등을 말없이 지켜본 아마코가 이쪽으로 몸을 돌렸다.

의심스럽게 빤히 바라보는 시선에 노출된 나는 슬쩍 얼굴을 돌려 눈이 마주치지 않도록 했다.

"……."

"왜, 왜……?"

"딱히…… 이제 곧 저 아이가 일어날 것 같아서."

몇 초쯤 나를 말없이 바라보던 그녀는 자고 있는 소년 쪽으로 시선만 돌리고서 그렇게 말했다.

뭐야? 의미심장한 말투네.

"이 애랑 만난 적 있어?"

"……예지 속에서라면."

"어떤 애였어?"

"누구의 신뢰도 받지 못해서 누구도 믿을 수 없게 되어 버린 가엾은 아이. 내가 2년 전에 봤던 예지 속의 그는 자신의 상황을 그저 받아들일 뿐이었어. 나보다 어린데 혹독한 현재를 살고 있어."

……뭔가 심각하지 않아?

내가 어떻게 할 수 있는 수준이 아닌 것 같은데…….

로즈라면 억지로 어떻게든 하겠지만, 나는 그 사람처럼 포학하게 굴지 못할 것이다.

"괜찮아, 우사토라면 할 수 있어."

"간단히 말하는구나."

하지만 이제 와서 무리라고 말해도 별수 없었다.

일단은 이 아이의 뜻을 들어야 했다.

이마를 짚고서 천장을 올려다보자 소년의 얼굴을 들여다보고 있던 아마코가 방구석에 있는 나무 의자를 내 옆에 끌고 와 앉았다.

"일어날 거야."

이쪽을 본 아마코가 후드를 쓰면서 그렇게 말했다.

몇 초쯤 지나자 소년이 신음과 함께 눈을 떴다.

난잡하게 잘린 앞머리 사이로 보이는 눈 밑에는 다크서클이 두드러졌고, 자세히 보니 제대로 먹지 못하고 있는지 수척했다.

어떻게 봐도 건강해 보이지 않는 그의 눈동자가 나와 아마코를 보았다.

"……."

"……."

"……."

나도 포함해서 하나같이 침묵—.

이야기해 봐야 알 수 있다고 했지만, 막상 마주하니 무슨 말을 꺼내면 좋을지 알 수 없었다.

아무튼 내가 먼저 말을 걸어 볼까?

"낮에 있었던 일은 기억해?"

"으, 응……."

"그렇구나. 우선 네 이름을 가르쳐 줄 수 있을까?"

"나크, 입니다. 당신은…… 우사토 씨죠? 똑같이 치유마법을 쓰는……."

"하르파 씨와의 모의전을 봤다면 나를 알고 있는 게 당연한가. 아아, 옆에 있는 이 아이는 신경 쓰지 않아도 돼. 일단은 네가 기절한 뒤에 무슨 일이 있었는지 설명할게. 침착하게 들어 줘."

"앗, 네."

그가 기절한 후, 이누카미 선배가 미나에게 제안한 승부에 관해 자세히 설명했다.

이야기할수록 그의 얼굴에서 점점 핏기가 가셨다.

이야기를 마치자 그는 공포를 애써 감추지 않으며 몸을 끌어안고서 떨기 시작했다.

"내, 내가, 왜 그런 승부를……."

아니나 다를까 나크는 충격을 받았다.

나도 멋대로 승부를 성립시킨 것에는 책임을 느끼고 있었다. 하지만 그 이상으로 나크의 현재 상황은 위태로웠다.

"그러지 않았으면 네가 위험했어."

"그건! 저는 치유마법사니까—."

"아니, 내가 왔을 때는 이미 상당히 다친 상태였잖아? 마력이 고갈될 만큼 치유마법을 혹사한 네게 미나는 더욱 공격을 가하려고 했었어. 단언할게. 그대로 미나의 마법을 계속 맞았다면 너는 죽었을 거야."

그런 건 학교를 땡땡이치면서까지 할 일이 아니었다.

마력을 고갈시킬 때까지 집단으로 공격을 가하다니, 이곳 학생들은 한가한가 싶은 생각이 들 정도였다.

"……!"

"하지만 네가 그렇게까지 괴롭힘당할 원인을 만든 건 나야. 내 경솔한 행동이 너를 위험에 노출시키고 말았어. 정말로 미안해."

무릎에 양손을 올리고 머리를 숙였다.

갑작스러운 사죄에 나크는 허둥댔지만, 내가 사과해야만 하는 것은 당연했다.

아마 지금껏 나크에게 가해지던 폭행은 그렇게까지 과격하지 않았을 것이다. 매번 오늘 같은 수준이었다면 이 아이는 옛날 옛적에 죽었을 것이다.

내가 이 루크비스라는 마법주의 나라에서 치유마법사로서 「힘」을 보인 탓에 미나의 자존심을 건드렸다. 하지만 하르파 씨를 이긴 내게 손댈 수 없다고 판단한 그녀는 그 형용할 수 없는 분노를 똑같은 치유마법사…… 나크에게 돌렸다.

"도, 도움을 받았으니까…… 괜찮아요! 그러니 얼굴을 들어 주세요!"

당황한 나크의 목소리를 듣고 나는 얼굴을 들었다.

이건 내 책임이었다.

그렇기에 나는 그에게 선택권을 줘야만 했다.

얼굴을 든 나는 그와 눈을 맞췄다.

“나크, 단도직입적으로 물을게. 너는 일주일 뒤에…… 미나와 싸울 수 있겠어?”

“…….”

“솔직하게 대답해 줘. 억지로 강요하진 않아. 나는 네 뜻을 존중할 거야.”

내 말에 소년은 고개를 숙이고 시트를 세게 움켜쥐었다.

마치 감정을 억누르는 듯한 동작이라 말로 표현할 수 없는 심정이 됐지만 나크가 입을 열 때까지 기다렸다.

“무리, 예요.”

“……이유를 들을 수 있을까?”

「할 수 없다」가 아닌 「무리」.

명백한 거절로는 볼 수 없는 말에 의문을 느끼며 이유를 물으니 나크는 자신의 손에 치유마법을 밝혀서 보여 주었다.

“당신은 제대로 된 치유마법사죠? 결함품인 제 치유마법으로는…… 무리예요.”

“결함품……?”

치유마법이 그렇게 불리고 있는 것이 아니라, 나크가 다루는 치유마법이 그런 말을 듣고 있는 건가?

무슨 뜻이지?

내 심정을 헤아렸는지 그는 자신의 손바닥을 보고 분한 표정을 지으며 띄엄띄엄 말을 자아냈다.

"저는, 저밖에 못 고쳐요. 여기 오기 전에는 다른 사람도 고칠 수 있었는데…… 할 수 없게 됐어요……."

타인에게 치유마법을 행사할 수 없게 됐다?

치유마법의 계통 강화에 의한 부작용의 반대 버전인가? 나처럼 계통 강화를 할 만한 아이는 아닐 테니 그럴 리는 없겠지만—.

"……언제부터?"

"알아차린 건 1년 전쯤이에요. 미나 일행에게 괴롭힘당하고 돌아오는 길에 누군가의 사역마가 다친 걸 발견했고…… 그때……."

"치유마법이 자신 외에는 작용하지 않는다는 걸 알게 된 거야……?"

내 말에 나크는 고개를 끄덕였다.

옆에 있는 아마코도 곤혹스러워하고 있는 것을 보면 그녀도 예상하지 못한 사실이리라.

하지만 치유마법을 타인에게 쓸 수 없게 됐다는 이야기는 들은 적이 없었다. 마력 농도가 극단적으로 희박해져서…… 아니, 갑자기 그러지는 않을 테고, 올가 씨처럼 선천적인 것도 아닌 듯하고, 무엇보다 그의 손에 밝혀진 치유마법의 빛은 나와 그다지 다르지 않았다.

생각할 수 있는 가능성은…… 집단 괴롭힘에 의한 심인성 문제?

"……."

깊이 생각하지 말자.

이 이상 생각하면 내가 냉정히 있지 못할 것 같다.

지금은 그의 치유마법 문제보다도 더욱 생각해야만 할 것이 있었다.

"치유마법은 사람을 고칠 뿐인 마법이니까, 제 마법은 망가져서 가치가 없어져 버렸어요."

"우사토……."

아마코는 이 상황을 좋지 않다고 느꼈는지 나를 올려다보았지만 걱정할 필요 없었다.

왜냐하면 구명단의 훈련은 타인을 고칠 필요가 없기 때문이다.

나는 음울한 표정으로 고개를 숙인 나크를 향해 웃으며 그 떨리고 있는 어깨에 손을 얹었다.

"괜찮아. 널 강하게 하는 데 타인을 고치는 치유마법은 필요 없어."

"예?"

"내가 너한테 묻고 있는 건 미나와 싸울 각오가 되어 있는가. 그리고 닷새간의 훈련을 견딜 만한 각오가 되어 있는가야."

솔직히 내일부터 실시하려는 훈련은 나크에게 지옥일 것이다…… 웃어넘길 수 없는 수준으로 말이지.

그렇다고 해서 느슨하게 할 생각도 없고, 상냥한 말을 건넬 생각도 없었다. 그런 엄격한 훈련을 마지막까지 완수할 의지와 각오가 되어 있는지 묻고 있는 것이었다.

그리고—.

"망가져서 쓸 수 없게 됐다? 결함품? 사람을 고칠 뿐인 마법? 게다가 내가 제대로 된 치유마법사라고? 전부 틀렸어. 나크, 넌 치유마법을 너무 올바르게 쓰려 하고 있어."

잘못 써야만 했다.

나는 제대로 된 치유마법사가 아니었다.

정말로 올바른 방식으로 쓰고 있는 것은 올가 씨나 우루루 씨처럼 타인을 고치는 데만 특화된 치유마법사뿐이었다.

"내가 스승님한테 받은 마법 훈련은 그저 한결같이 자신을 고치는 거였어. 그러니 그것만 되면 돼. 그것만 가능하다면 너를 괴롭혔던 녀석들을 날려 버리기 위한 훈련을 하기 충분해."

"어? 네?"

내 말이 너무 충격적이었는지 나크는 입을 반쯤 벌리고서 멍해졌다.

그 모습을 보고 쓰게 웃으며 이어서 말을 던졌다.

"뭐, 요컨대 나는 네게 치유마법을 가르치려는 게 아니야. 닷새 동안 그 아가씨를 압도할 수 있는 수준까지 너를 단련시키겠다는 거지."

"내가…… 미나를……?"

"물론 간단하진 않아. 내일부터 내가 너한테 시킬 훈련은 상상도 못 할 만큼 재미없고 힘들 거야. 피를 토하든, 울부짖든, 기절하든, 내 치유마법이 그렇게 두지 않을 거야. 다시 한 번 물을게. 나크, 너는 미나와 싸울 각오가 되어 있어?"

아무리 그래도 피를 토하는 건 과장이지만……. 나는 토하지 않았으니까 괜찮겠지?

10초쯤 침묵한 후, 입을 다물고 있던 나크가 조심스럽게 말했다.

"저기…… 그거, 미나보다도 훈련이 더 무서운 것 같은데요……."

……응.

"부정은 못 해."

"우사토……."

아마코, 나를 그렇게 유감스럽다는 눈으로 보지 마.

나크를 강하게 만들려면 나와 마찬가지로 로즈표 훈련을 할 수밖에 없다.

애초에 다른 방식의 마법 훈련을 모르니 이것밖에 없었다.

"뭐, 싫다면 내가 머리를 숙이고 올게. 그러니 억지로 싸우는 길을 택하지 않아도 돼."

"……."

어떤 대답이 나오든 아무 말도 하지 않을 생각이었다.

내가 말하긴 뭐하지만, 실은 훈련으로 지옥을 본 나와 같은 경험을 이 아이에게 시키고 싶지 않다는 마음도 있었다.

달리다가 기절하고, 고쳐서 다시 달리고……. 그것을 끝없이 되풀이하는 것이 구명단 훈련의 기본이었다.

아침부터 밤까지 쉬지 않고 달려야 하는 정신적 고통. 치유마법으로 고쳐져 다친 곳도 없는데 발에 느껴지는 위화감에 시달리는 나날.

하지만 그것에는 반드시 결과가 따른다.

"이런 저라도…… 이길 수 있나요?"

"단언할 순 없어. 하지만 결단에 상응하는 결과는 반드시 따라와. 내가 그 증거야."

내 말을 들은 나크는 조금 주저하는 모습을 보이면서도 결심한 듯 올려다보았다.

그 눈은 변함없이 어둡게 가라앉아 있었지만 희미한 빛이 밝혀진 것처럼 보였다.

"하겠어요……. 해보겠어! 미나를 쓰러뜨리겠어요……! 그러니 저를…… 저를 강하게 만들어 주세요!"

"말 잘했어!"

내가 로즈를 대신하지는 못하겠지만, 같은 치유마법사로서 그를 — 나크를 어엿하게 단련시키겠다.

나는 그렇게 마음속으로 맹세했다.

***

"훈련은 내일부터 시작할 거야. 오늘은 제대로 영양을 섭취하고 푹 자도록 해."

우선은 나크의 몸 상태—.

그동안 제대로 먹지 못했을 것이다. 안색은 치유마법으로 상당히 좋아졌지만, 치유마법으로 보완할 수 없을 만큼 건강하지 못한 부분이 눈에 띄었다.

치유마법으로 피로는 고칠 수 있어도 영양을 보충할 수는 없으니 먹는 것은 중요했다.

나도 훈련한 뒤로 영향 섭취의 중요성을 깨달았지. 몸의 세포가 음식을 달라고 외치는 듯한 그 느낌, 본격적인 훈련이 시작된 날의 저녁 식사 때는 무심코 눈물을 흘렸을 정도였다.

이야~ 통한테 밥을 뺏겼을 때는 이 세계에 와서 가장 열받았다고 해도 과언이 아니었어.

"저기……."

그리운 추억에 잠겨 있는데 갑자기 나크가 주위를 두리번거리며 말했다.

"여긴…… 어디죠?"

그러고 보니 여기가 어디인지 설명하는 것을 깜빡했다.

"아~."

어떻게 설명할까.

솔직하게 이곳이 키리하 남매…… 수인이 사는 집이라고 가르쳐줘도 괜찮은 걸까?

그가 이성을 잃고 난리라도 친다면 키리하 남매에게 폐를 끼치게 될 텐데…….

"우사토."

"응? 왜 그래? 아마코."

내 옷자락을 잡아당기며 부르는 소리에 그녀 쪽을 보았다. 후드를 써서 얼굴 아랫부분만 보이는 그녀는 문을 가리키려다가 굳어 버렸다.

"미안, 늦었어."

어? 뭐가?

그렇게 되물으려던 순간, 등 뒤에 있는 문이 벌컥 열리며 누군가가 들어왔다.

그 시점에 나는 이것저것 헤아리면서 돌아보았다.

시야에 비친 것은 잔뜩 들떠서 웃고 있는 이누카미 선배.

"우사토 군~ 그 애는 괜찮아?!"

"어이! 멋대로 돌아다니지 말라니까! 내가 안내하겠다는데 왜 먼저 가는 거야?!"

그리고 그녀 뒤에서 쉰 목소리로 불러 세우는 쿄우.

활짝 웃으며 나를 본 선배는 나크가 일어나 있는 것을 알아차리고 움직임을 뚝 멈췄다.

나크는 선배와 그 뒤에서 숨을 헐떡이는 쿄우, 그리고 어이없어하며 외투의 후드를 벗은 아마코를 보고서 입을 뻐끔거리며 나와 그들을 번갈아 쳐다보았다.

나크 앞에 앉은 나를 보고 상황이 좋지 않음을 깨달았는지 갑자기 자세를 바로잡은 선배는 어째선지 쑥스러워하며 머리에 손을 얹더니 「데헷」 하는 표정으로—.

"미, 미안?"

—그렇게 말씀하셨다.

"엇, 수, 수인? 저, 저기 우사토 씨, 여긴—."

이후 혼란에 빠진 나크에게 상황을 설명하는 데 꽤 시간이 필요했다.

제4화 나크, 수행 개시!

어제, 우사토가 치유마법사 소년, 나크를 데려왔다.

우리 수인을 보는 그의 눈동자에서는 공포와 약간의 곤혹이 보였지만, 쇠약해진 그를 그대로 돌려보낼 수도 없었기에 하룻밤 묵는 것을 허락했다.

나크와 서로 자기소개는 했지만 그 이상 이야기할 생각은 들지 않았다.

솔직히 그를 어떻게 대하면 좋을지 알 수 없었다.

나크는 수인인 나와 큐우를 확연하게 무서워했다.

뭐, 딱히 친해질 생각은 없지만, 소심한 그가 미나를 이길 수 있을 만큼 강해질 수 있을지 걱정되었다.

미나는 성격은 별로여도 특출한 실력을 지닌 마법사다.

아직 성장 중이라고는 하지만 평범한 불마법보다도 순간적으로 강력한 위력을 발하는 작렬마법을 사용했다.

그에 반해 나크는, 이런 말하기 미안하지만 빈약한 치유마법사였다. 그것만으로도 미나와 큰 차이가 있다고 해도 좋았다.

그런 그의 실력을 어떻게 미나에게 이길 수 있는 수준까지 끌어올릴지……. 무리일 거라고 생각하면서도, 여러 가지 의미에서 예상을 뛰어넘는 우사토가 어떤 훈련을 나크에게 시킬지 궁금했다.

"분명 어제 거리에서 훈련할 거라고 했었지……."

학원에 다니는 학생들의 하루는 각기 달랐다.

필수 수업만 제대로 듣는다면 다른 수업은 자유롭게 고를 수 있어서, 잘 조정하면 평소보다 빨리 수업을 끝낼 수 있었다.

"정말로 이런 거리에서 훈련을 한다고?"

"어제 그렇게 말했는데……."

우리 남매는 거의 같은 수업을 듣기 때문에 시작하는 시간도 끝나는 시간도 대체로 똑같았다.

이른 오후에 하루 수업을 끝낸 나와 쿄우는 거리에서 나크를 훈련시키고 있을 터인 우사토의 모습을 보러 왔다.

어제 아침에 봤던 우사토의 엄격함을 생각하면 그의 훈련은 상당히 하드할 것이다.

게다가 그가 하르파와 싸우면서 보여 준 괴력을 고려할 때, 제대로 된 훈련일 것 같지는 않았다.

아무튼 무서울 것을 알면서도 괜히 보고 싶은 기분이었다.

"누나도 아침에 우사토랑 소년은 못 봤지?"

"응, 내가 일어나기 전에 우사토랑 나크는 훈련한다고 나간 것 같아."

어제 우사토의 부탁을 받고 테이블에 올려 뒀던 빵이 없어져 있었으니 아침은 확실히 먹은 모양이었다. 나중에 일어난 아마코도 예의 그 마구간에 간다며 나갔다.

나랑 쿄우는 평소처럼 둘이서 아침을 먹었지만, 조금 쓸쓸하게 여긴 것은 스스로도 의외였다. 어젯밤은 스즈네라는 기상천외한 용사가 더해지며 여러 가지 의미에서 떠들썩했기에 그렇게 생각한 것일지도 모른다.

"그 녀석, 대체 뭘 할 생각일까?"

"……."

어떤 의미에서 가장 바뀐 것은 쿄우일지도 모른다.

그도 이곳에서 이런저런 악의에 노출되며 인간에게 호의적으로 대하지 않게 되었고, 나랑 달리 그것이 겉으로 잘 드러나는 성격이었는데, 어떻게 된 것인지 어젯밤부터 우사토를 향한 가시가 놀라우리만큼 없어져 있었다.

"응? 왜 내 얼굴을 그렇게 빤히 봐?"

"아니, 아무것도 아니야."

원래 다정한 동생이었다.

지금까지의 뾰족한 태도는 꽤 무리한 것이었으리라.

다행이라고 솔직하게 생각하는 반면, 나는 어떤가 하는 생각이 들었다.

"맞다, 갑자기 생각났는데, 누나, 어제 우사토가 하르파의 배를 때렸을 때 굉장히 무서워했잖아. 그건 왜 그랬던 거야?"

"아, 어제 그거……."

어제 우사토가 하르파를 공처럼 날려 버렸던 광경이 떠올랐다.

우사토가 처음 우리 집에 왔을 때, 어쩌면 내가 그렇게 됐을지도 모른다고 생각하니 떨림이 멈추지 않았었다. 그때 아마코가 말리지 않았다면 나는 엄청난 일을 겪었을 것이다.

"……아무것도 아니야."

"아무것도 아니라니…… 뭐, 괜찮다면 됐지만……."

쿄우는 조금 의심스럽게 나를 곁눈질했지만 곧장 앞을 보았다. 그 모습에 나도 안도하며 똑같이 앞을 보자 거리의 모습이 살짝 이상했다.

"……응? 뭐지?"

"무슨 일 있었나?"

길가에 있는 점원과 학생들이 앞쪽을 보며 뭐라고 쑥덕거리고 있었다.

무슨 일일까? 활기 넘치는 거리라서 평소에도 떠들썩하지만 오늘은 뭔가 달랐다.

"……으엑?!"

"쿄우?"

옆에 있는 쿄우가 전방을 보고 싫다는 목소리를 냈다.

그곳에는 유난히 눈에 띄는 회색 머리카락과 언제나 미소가 가시지 않는 수상쩍은 얼굴을 지닌 남자가 있었다.

"하르파……."

무심코 나도 불쾌한 목소리로 이름을 부르고 말았다.

우리 남매는 이 녀석이 불편했다.

가차 없는 방식으로 싸우는 뒤틀린 실력주의자인 점이 마음에 안 들었고, 강자에게만 우호적으로 대하는 비정상적인 태도가 무엇보다 기분 나빴다.

나와 교우를 알아차린 하르파는 생긋 웃으며 이쪽으로 다가왔다.

"두 분 다 지금 돌아가십니까?"

변함없이 거리낌 없는 녀석이네.

그런데 학원에서 떨어진 이런 곳에 왜 하르파가 있는 거지? 이 녀석은 학원 내 기숙사에 살아서 좀처럼 여기까지 오지 않을 터였다.

"……그래. 넌 어제 다치진 않았어?"

"후후후, 걱정하지 않으셔도 됩니다. 우사토 씨의 공격은 전부 치유 마법을 띄어 안전하기에……. 충격은 상상을 뛰어넘었지만 말이죠."

그렇게 말한 후 기뻐하며 팔을 문지르는 그를 보고 이 남자가 전투광임을 다시금 재확인했다.

신경 쓰이는 점은 왜 이 전투광이 여기 있는가였다.

"그래서, 왜 이런 데 있어? 학원장님께 무슨 부탁이라도 받았어?"

하르파의 마시는 여러모로 편리했다. 원래는 전투에 그다지 쓰이지 않는 타입이지만, 일부 마법 연구자 사이에서는 꽤 중시되는 희소한 마법이었다. 그런 마시와 그 본인의 실력이 평가되어 글래디스 학원장에게 신뢰받고 있었다.

"그렇습니다. 급히 우사토 씨를 불러오라고 학원장님께 부탁받았습니다만……."

"급히?"

"모르시는 겁니까?"

"뭘 말이야?"

내가 고개를 갸웃하자 하르파가 깜짝 놀랐다.

우사토가 학원장에게 불릴 만한 일을 저지른 것일까?

스스로 소동을 일으키는 사람 같지는 않은데…… 아니지, 조금 엉뚱한 부분도 있으니 혹시 모른다.

"저도 사정은 자세히 알지 못하지만, 이른 아침부터 거리를 뛰어다녀 학원장님께 불만사항이 들어왔습니다."

그, 그 녀석, 무슨 짓을 하고 있는 거야……?

뛰어다닌다고? 거리를? 심지어 불만이 나올 정도라니…….

"이런 왁자지껄한 곳에서 폐를 끼칠 정도라니 심상치 않잖아. 대체 우사토는 뭘 하는 거야?"

"나도 전혀 모르겠어……."

젊은이들이 모이기에 루크비스는 다른 나라보다도 떠들썩했다. 도시 안에서 마법이 날아다녀도 행인들은 신경도 쓰지 않으며 일상을 보냈다.

"듣자 하니 곧 이곳을 지난다고 해서 기다리고 있습니다."

"그래서 여기 있었던 건가."

"예, 온 도시를 뛰어다니는 우사토 씨를 찾는 건 역시 너무 힘드니까요."

하르파는 곤란한 표정으로 머리를 긁적였다.

"오늘은 저랑 꽤 이야기해 주시는군요."

"뭐?"

"평소에는 말을 걸어도 제대로 대화해 주지 않으셨으니까, 무척 놀랐습니다."

"……."

확실히 하르파와 이만큼 이야기하는 것은 흔치 않은 일이었다.

나도, 쿄우도 학급에 친구 따위 없었다.

전부 얼굴만 아는 정도이고, 적극적으로 말을 걸어오는 별난 녀석은 하르파뿐이었다.

"너랑 얘기하는 건 지금도 싫어. 우리랑 제대로 대화하고 싶다면 히죽거리지 마."

"하하하, 변함없이 매섭군요."

흥 하고 콧방귀를 뀌며 쿄우가 말하자 하르파는 난처한 웃음을 지었다.

그가 말한 대로 평소에는 말을 걸어와도 무시하거나 최소한의 대화만 했던 우리가 이렇게 다른 사람과 이야기하는 것 자체가 희한한 일일지도 모른다.

자각은 없었으나 아마 우사토와 만났기 때문일 것이다.

아직 만난 지 이틀밖에 안 됐지만, 우사토와 아마코의 존재는 나와 쿄우에게 결코 적지 않은 영향을 주고 있는 모양이었다.

"이쪽으로 온대!"

"윽! 사역마를 숨겨!"

"거짓말?!"

잠시 감상에 젖어 있는데 길 안쪽에서 그런 외침이 들려왔다.

이상하게 여기고 있으니 사역마를 지닌 학생들이 자신의 사역마를 뒤로 숨기기 시작했다.

"어? 어?"

어째서 다들 이렇게 허둥거리는 거지?

확연하게 이상한 분위기가 공간을 지배한 그때, 쿵쿵 하는 둔한 발소리가 들려왔다.

사람보다 큰 마물의 발소리와 비슷했다. 이런 도시 안에 대형 마물이 있을 리 없지만, 일단 로브에서 양팔을 꺼내 언제든 싸울 수 있도록 주먹을 쥐었다.

마찬가지로 경계 중인 교우와 함께 전방을 둘러보았으나 길 끝에 커다란 문이 보일 뿐이었다.

"……그보다 왜 너도 따라오는 거야?"

"이야~ 저도 신경 쓰여서요."

아무렇지도 않게 따라오는 하르파를 살짝 노려보고서 다시 앞으로 고개를 돌렸다.

대로는 도시의 문까지 곧게 뻗어 있어서 앞쪽까지 내다볼 수 있었다.

시선을 집중하며 지그시 앞을 바라보고 있을 때, 길모퉁이에서 아담한 무언가가 튀어나왔다.

"힉…… 으에…… 헉…… 헉……."

"나크……?"

튀어나온 아담한 무언가의 정체는 나크였다.

상당한 기세로 큰길에 나온 그는 우리가 있는 쪽으로 넘어질 듯 달려왔다.

그의 얼굴은 눈물과 콧물 범벅이 되어 지독한 꼴이었다.

"누, 누나! 저 녀석 대체 어떻게 된 거야?!"

"나도 몰라! 하지만 마치 무언가에 쫓기고 있는 것—."

이어서 말하려던 순간, 방금 나크가 튀어나온 모퉁이에서 모습을 드러낸 것을 보고 말문이 막혔다.

모퉁이에서 나온 것은 파란색과 흰색이 섞인 덩어리였다.

루크비스에는 존재하지 않는 기상천외한 생물이 지면을 도려낼 기세로 땅을 밟으며 이쪽으로 몸을 획 돌렸다.

"뭐…… 뭐야아아아아아아아아?!"

이쪽으로 쏟아지는 『한 사람』과 『한 마리』의 안광에 노출된 나는 마침내 무엇이 나타났는지 이해함과 동시에 참지 못하고 소리를 질렀다.

나란히 번뜩이는 이중 안광.

그것은 커다란 곰 마물을 거뜬히 업고서 나크를 쫓는 우사토였다.

***

"글래디스 씨가 절 불렀다고요?"

우리를 알아채지 못하고 훈련을 이어가려던 우사토를 불러 세운 하르파는 학원장이 그를 불렀다는 취지를 전했다.

그것을 들은 우사토는 등에서 내린 마물, 블루 그리즐리를 쓰다듬고서 고민하듯 팔짱을 꼈다.

"……알겠습니다. 그럼 바로 갈게요."

"그렇게 해주시면 좋겠습니다. 그런데 그는 괜찮은 건가요?"

"응? 나크 말인가요?"

하르파가 조금 당황하며 블루 그리즐리의 등 위에 힘없이 기절해 있는 나크를 보았다.

필사적으로 우사토에게서 도망치던 그는 우사토가 불러 세우자 살았다는 표정을 짓더니 그대로 지면에 털썩 쓰러져 버렸던 것이다.

"괜찮아요. 아직 한나절밖에 안 달렸고, 치유마법을 걸어 뒀으니까요."

"아니아니아니, 그런 문제가 아니잖아! 넌 악마야?!"

평범한 훈련 방법이 아닐 거라고 알고는 있었지만 이건 명백하게 이상하잖아!

한나절밖에 안 달렸다니 대체 무슨 훈련이야?! 체력을 기를 목적이라면 굳이 그렇게 할 필요는 없잖아?! 게다가 말투를 볼 때 아침부터 줄곧 달리고 있는 것처럼 들리는데?!

무엇보다 블루 그리즐리는 사납고 강력한 마수로 유명하다고! 등에 업을 만한 마물이 아니야!

내 캐릭터를 붕괴시키며 내심 그런 생각을 하고 있으니 눈앞에 있는 악마는 무슨 소리인지 모르겠다는 표정을 지었다.

"어? 아니…… 나 정도로 악마라니……. 키리하, 그건 악마한테 실례야."

우사토는 쓰게 웃으며 그렇게 말했다.

"엇…… 왜 내가 책망받는 거야?"

이 녀석, 진심으로 자신이 이상하다고 생각 안 하고 있어!

변함없는 미소를 지은 하르파는 아득한 눈이 되어 고개를 주억거릴 뿐이었다.

"예, 역시 우사토 씨입니다."

"너는 생각하는 걸 포기하지 마……."

「역시」라는 말로 끝낼 수준이 아니잖아!

길에 있던 학생들이 허둥거릴 만도 했다.

기본적으로 이곳에서 공부하는 학생들은 야생의 마물과 거의 싸우지 않는다. 싸우더라도 크게 강하지 않은 마물이나 사역마뿐이었다. 블루 그리즐리 같은 강력한 마물은 마소(魔素)가 짙은 지역에 서식하기에 보통은 만날 일이 없고, 만약 만나게 된다면 예리한 발톱과 그 거구 앞에서 어쩔 도리도 없이 죽을 것이다.

하지만 그런 존재를 눈앞에서 거뜬히 업고 묵직한 발소리와 함께 거리를 뛰어다니던 변태 치유마법사는 뭘까. 정말로 인간이 맞는지 의심스러운데…….

"흐아…… 으엑…… 콜록……!"

게다가 기절했는데도 당장 죽을 것 같은 상태인 나크는 괜찮은 걸까.

훈련이라기보다 고문이나 벌칙을 받은 뒤 같았다.

"우사토, 너……."

"응?"

진짜 터무니없어, 라는 말이 목구멍까지 올라왔지만 겨우 삼키고 어색하게 미소를 지었다.

그는 옆에 있는 블루 그리즐리의 머리에 손을 올렸다.

“블루링, 아, 이 녀석의 이름인데, 같이 이 도시에 온 파트너야. 어제 마침내 글래디스 씨한테 허가를 받아서 데리고 나왔어.”

“크앙~!”

무게가 딱 적당해서 추로 삼기 좋다는 엉뚱한 발언과 함께 그는 블루링의 머리를 쓰다듬었다.

반면 블루링은 귀찮다는 듯 우사토의 다리를 팔로 때리고 있었다.

퍽퍽, 둔탁한 소리의 타격을 받아도 온화한 얼굴인 우사토를 보며 나는 더욱 질겁했다.

“걔가 블루링이라는 건 알겠는데, 왜 대낮부터 마물을 업고 나크를 쫓아다닌 거야? 힘든 수행이라길래 나는 다른 걸 상상했었어. 아니, 네가 하고 있는 일도 상당히 미쳤지만.”

“블루링을 업고 있는 건 내 훈련도 겸한 거라 덤이야. 나크를 닷새 만에 강하게 만들려면 훈련 내용을 한정할 수밖에 없었거든. 그보다 미쳤다니…….”

덤…… 그게?

우사토와 블루 그리즐리가 포개져서 돌진해 오는 광경은 절규가 나올 정도였다…….

“내가 했던 훈련을 하기에는 시간도 부족하고, 나 자신이 완전히 비정해지지 못하니까 아무래도 불충분해져. 게다가 전신을 두루 단련하다니 그거야말로 어려워. 그래서 나크의 다리만 단련하자고 생각한 거야. 하는 일은 그저 달리는 것뿐이니까."

의외로 제대로 생각하고 있었구나.

어중간하게 여러 부위를 단련하기보다 다리를 집중적으로 단련하는 건가?

"다리를 단련하면 웬만한 상대로부터 도망칠 수 있고 체력도 붙어. 내가 소속된 링글 왕국 구명단의 기본은 달리기부터 시작하거든. 내가 지금 이렇게 살아 있을 수 있는 것도, 많은 사람들을 구할 수 있었던 것도 이 훈련 덕분이야. 아무리 그래도 나랑 똑같은 훈련을 나크한테 시킬 생각은 없지만."

"참고로 우사토 씨는 지금껏 어떤 훈련을 하셨습니까?"

하르파가 물었다.

"그랜드 그리즐리를 사냥할 때까지 못 돌아온다며 마물이 판치는 숲에 열흘쯤 방치, 중량물을 등에 올리고서 끝이 보이지 않는 팔 굽혀 펴기, 단장의 주먹을 피할 수 있을 때까지 계속 맞는 훈련, 그리고—."

"……아뇨, 이제 됐습니다."

"어떻게 지금까지 살아 있는 거야……."

단장이란 건 그거지? 우사토에게 치유마법을 가르친 사람이지? 사람의 탈을 쓴 악마 아니야……?

뺨을 실룩거리는 내게 우사토는 난처한 얼굴로 웃었다.

"처음에는 힘들다든가 도망치고 싶다고 수없이 생각했었어. 하지만 그것도 전부 필요한 일이었으니까 후회는 안 해. 블루링과 만난 것도 훈련 덕분이었고."

어떤 경위로 블루 그리즐리와 현재에 이르는 관계가 됐는지 매우 궁금하지만, 분명 장절한 사연이겠지.

그것이 느껴지는 신뢰 관계가 척 봐도 알 수 있을 만큼 쌓여 있었다.

주인과 사역마 사이와는 다른 관계…….

멍하니 생각하던 나는—.

"좋다."

무의식적으로 그렇게 중얼거리고 말았다.

그 목소리가 들렸는지 쿄우와 하르파가 이쪽을 보았다.

하르파는 몰라도 쿄우가 괜한 생각을 하는 건 싫어서 허둥지둥 손을 가로저었다.

"어, 아…… 아니, 그 애가 귀여워서……."

"뭐? 진심이야? 누나, 무섭지 않아?"

말하고서 솔직히 후회했다.

쿄우는 질겁하고 있고, 우사토는 「그치?! 귀엽지?! 만져 볼래?」 하며 블루링을 보여 주고, 그 블루링은 흥 하고 콧방귀를 뀌며 이쪽을 노려보았다.

"아, 아니, 지금은 사양할게. 우사토도 학원장님을 만나러 가야 하고, 바쁘잖아?"

"아, 그것도 그렇네. 나크의 훈련도 있고, 다음 기회로 할까?"

그 대답에 휴우 하고 안도했다.

아무리 얌전하다고는 해도 커다란 마물을 만지려면 나름대로 용기가 필요했다.

"나는 이만 슬슬 가볼게. 하르파 씨도 글래디스 씨한테 가나요?"

"저는 조금 살 게 있어서 여기서 헤어집니다."

"그렇군요, 그럼 키리하랑 쿄우도…… 아, 오늘은 어두워지고 돌아갈 테니까, 미안하지만 나크의 밥도 준비해 줄 수 있을까?"

"상관없어. 한두 명 늘어도 크게 다르지 않으니까."

"고마워. 그럼 갈까, 블루링."

그렇게 말한 그는 블루링을 불러 함께 학원 쪽으로 향했다.

하얀 옷을 입은 치유마법사와 커다란 곰 마물…… 그리고 붙잡은 사냥감처럼 곰 등에 올려진 또 다른 치유마법사 소년이 나란히 걷기 시작했다.

뭐랄까, 굉장히 괴이해…….

그렇게 길게 이야기하지도 않았는데 진이 다 빠졌어…….

"우사토는 여러 가지로 굉장하구나……."

"응, 하지만 저건 본받아선 안 되는 굉장함이라고 생각해."

"하하, 맞는 말이야."

걸어가는 뒷모습을 보고 있으니 뭐라 말할 수 없는 기분이 들었다.

그것이 무엇인지는 알고 있다.

하지만 겉으로 드러내지는 않을 것이다.

이것은 내가 버린 감정이니까.

***

키리하 일행과 헤어진 나와 블루링은 기절한 나크를 데리고 학원으로 향했다.

나크와 블루링을 밖에서 기다리게 하고 학원장실로 이동하니 글래디스 씨가 내 얼굴을 마주하자마자 크게 한숨을 쉬었다.

"터무니없어요. 예, 정말 터무니없고말고요."

글래디스 씨는 곤혹스러운 얼굴로 말했다.

역시 거리에서 훈련한 건 너무 과했나……. 링글 왕국에서와 똑같은 감각으로 저질러 버렸지만 그러면 안 됐던 건가…….

"죄송합니다. 다음에는 다른 곳을 달리게 할게요."

"그게 아니에요. 혹시 왜 불렀는지 모르는 건가요?"

"거리에서 훈련한 것 때문이죠? 블루링은 어제 허가를 받았고, 짐작 가는 거라고는 그 정도밖에……."

"확실히 블루 그리즐리를 데리고 나와도 좋다고 허가는 했어요. 하지만! 그걸 걷게 하는 게 아니라 직접 업고! 심지어 그대로 온 거리를 달릴 줄 누가 예상이나 하겠어요?!"

"……예?!"

확실히 곰곰이 생각해 보면 비정상적인 일이었다.

링글 왕국 사람들의 반응에 익숙해져 버렸기 때문일까.

이곳에는 사역마를 데리고 다니는 사람도 많고, 달리는 것 정도는 괜찮을 줄 알았는데…….

"조금 추태를 보였군요. 어제 있었던 소동은 전해 들었기에 사정은 대충 헤아리고 있지만, 괜찮다면 당신이 그런 행동에 이른 경위를 들을 수 있을까요?"

"알겠습니다."

나는 어제 광장에서 있었던 소동부터 나크를 단련시키게 되기까지의 흐름을 간단히 설명했다.

대강 설명을 끝내자 글래디스 씨는 가볍게 눈가를 짚으며 곤혹스러운 표정을 지었다.

"……이곳 학생이 폐를 끼쳤군요. 미안해요."

"아뇨, 제가 멋대로 참견한 거니까요."

"그게 아니더라도 그녀, 미나 리아시아의 횡포를 내버려 둔 우리에게도 잘못이 있어요."

그 소녀는 글래디스 씨가 문제시할 만한 아이인가.

골목대장 같은 분위기의 아이 같기는 했지만, 생각보다 성가신 존재인 모양이었다.

"학원 측에서 뭐라고 말할 수는 없었던 건가요?"

"조금 복잡합니다. 학원 경영을 맡고 있는 입장상, 원조를 받고 있는 집안의 따님에게 실수하는 건 신뢰에 대한 배신을 의미하죠. 귀족은 귀찮은 존재예요. 다양한 교류를 통해 정보를 교환하고 있는 그들에게 학원의 불상사가 알려지는 건 몹시 좋지 않은 일이죠. 루크비스는 홀로 성립된 학원이 아니에요. 많은 귀족과 타국의 기부로 유지되고 있죠."

"즉, 그 아이에게는 섣불리 주의를 주지도, 지도하지도 못한다는 건가요?"

"네, 그렇습니다."

그게 뭐야, 엉망진창이잖아.

학원 측이 강하게 나가지 못하는 이유는 이해됐다. 이 학원의 존속과 관련된 일이니 어쩔 수 없었다. 하지만 그렇다고 미나가 멋대로 구는 건 잘못된 일 아닐까.

내가 원래 있던 세계의 학교로 예를 들자면 미나는 자기 마음대로 구는 문제아이고, 그 뒤에 있는 귀족 부모는 진상 학부모인 건가.

원래 세계의 학교라면 아직 어떻게 할 여지가 있었을지도 모른다.

하지만 이곳에서는 아니었다. 귀족 같은 뒷배가 없으면 학원을 유지할 수 없었다.

"……치유마법사인 그를 단련할 장소가 필요한 거죠?"

잠시 침묵하던 글래디스 씨가 갑자기 질문해 왔다.

"아, 네, 그렇죠. 거리를 달리는 건 역시 자중하자 싶어서 다른 장소를 찾아보려고요. 최악의 경우에는 닷새간 나크랑 같이 산에 틀어박힐 생각이에요."

"부탁이니까 그만둬 주세요."

어째선지 글래디스 씨가 간청하듯 만류했다.

흠, 좋은데 말이지, 생존력과 감각을 단련할 수 있고…….

"하아……. 학원의 훈련장을 쓰도록 하세요. 적어도 도시 안을 달리는 것보다는 갖추어진 환경에서 그를 단련시킬 수 있을 거예요. 이곳의 책임자로서 학생 간의 사적인 싸움에 참견할 수는 없지만, 개인적으로는 치유마법사 아이를 응원하고 있어요. 당사자인 그에게는 얌체 같이 여겨질지도 모르지만 말이죠."

확실히 얌체 같은 이야기다.

손댈 수가 없다고는 해도 미나의 횡포를 못 본 척한 것은 사실이었다. 하지만 그것을 규탄할 자격은 내게 없었다.

사고를 바꾸어 새로운 훈련 장소에 관해 생각하자.

훈련장이라는 건 어제 하르파 씨와 싸웠던 곳일 것이다. 그곳은 꽤 넓으니 나크와 블루링을 달리게 해도 괜찮을 것 같았다.

얼마나 써도 되는지, 수업 시간에 학생들이 사용하지 않는지 이것저것 질문하니, 실기 대회 일주일 전부터 훈련장은 상시 개방해서 학원 문이 닫힐 때까지 사용해도 되는 모양이었다.

"후후, 그 표정, 어딘가 그녀와 닮았어요."

팔짱을 끼고 나크의 훈련에 관해 생각하고 있는데 글래디스 씨가 그런 말을 했다.

"그녀라는 건…… 단장님이요?"

"네. 다른 사람한테 무언가를 가르치려고 할 때, 로즈는 늘 인상을 쓰죠. 지금 우사토가 그러고 있는 것처럼 팔짱을 끼고 말이죠."

"아……."

확실히 그 사람, 나를 훈련시킬 때는 언짢게 찌푸린 얼굴이었지.

무의식적으로 나도 미간에 주름을 잡고 있었나? 고개를 갸우뚱

하며 미간을 만지니 글래디스 씨는 재밌다는 얼굴로 웃었다.

“얼핏 보면 평범한 소년 같은 당신도 의심할 여지가 없이 그녀의 제자라는 걸 알 수 있어요.”

“그렇게 티가 나나요? 전혀 의식하지 못했는데…….”

“엉뚱한 일을 하는 점이라든가, 조금 전처럼 생각하는 동작이 판박이에요.”

비슷하다는 말을 들으니 기쁘기도 하고 복잡한 기분도 들었다.

“당신은 그녀를 신뢰하고 있군요.”

“뭐, 그렇죠. 터무니없는 사람이지만 존경하고 있어요.”

여러 가지로 고생했지만 그 사람 덕분에 지금의 내가 있었다.

이 세계에 소환되어 용사라는 역할을 지닌 두 사람 뒤에 붕 떠 있던 내게 그녀는 구명단이라는 길을 제시해 주었다.

……뭐, 그 과정은 차치하고, 나는 그녀에게 감사하고 있었다.

“그래…… 로즈, 마침내 찾았구나.”

“네?”

“우사토, 로즈는 강한 사람입니다. 누구보다도 빠르고, 누구보다도 힘이 세며, 굳건한 신념을 가지고 있어요.”

“……”

“하지만 무적은 아니에요. 설령 강철 검을 맨손으로 부술 수 있어도, 마물조차 능가하는 신체 능력을 가지고 있어도, 그녀에게도 약점은 있어요.”

……그 약점이 상상이 안 가는데요.

그보다 아무렇지도 않게 말했지만, 그 사람, 강철 검도 맨손으로 부러뜨리는 건가. 놀라야 할 부분이지만 그 사람이라면 강철쯤은 부술 수 있어도 이상하지 않으니 말이지.

"지금은 몰라도 됩니다. 하지만 언젠가 그녀가 그 약한 부분을 보일 때가 오면 당신이 도와주세요. 당신은 그녀가 찾던 유일한 존재니까."

내가 돕는다, 라…….

확실히 글래디스 씨의 말대로 지금의 나는 로즈의 약한 부분을 이해할 수 없었다. 그녀는 누구보다도 무섭고 강한 구명단의 단장이었다.

하지만 글래디스 씨의 말은 기억해 두자.

"뭔가 선생님 같네요, 글래디스 씨."

"이런, 실례예요. 저도 선생님이랍니다."

그랬지, 참.

작게 웃는 글래디스 씨를 보니 멋쩍었다.

"……슬슬 훈련하러 돌아갈게요. 글래디스 씨, 오늘은 소동을 일으켜서 죄송합니다."

"네. 이제 거리는 뛰어다니지 말아 주세요."

온화한 미소를 지으며 가볍게 손을 흔든 그녀에게 인사한 후 문을 열고 나왔다.

그럼 나크를 깨워서 훈련 재개다. 상당한 시간을 휴식에 썼으니 나크도 이제 괜찮을 테고, 나도 이것저것 시도할 수 있는 건 해 두자.

모처럼 온 마도학원이다. 나 자신의 치유마법과 계통 강화를 갈고닦는 것도 나쁘지는 않다.

나도 참 훈련을 좋아한다 싶어서 쓰게 웃으며 왔던 길을 되돌아왔다.

오늘은 가볍게 뛰게 해서 몸이 익숙해지게 하고, 내일은 치유마법과 달리는 동작을 병행할 수 있게 하자.

빠른 걸음으로 이동했기 때문인지 1분도 지나지 않아 입구 부근에 있는 블루링과 그 등에 이불처럼 축 늘어진 나크 곁에 도착했다.

"많이 기다렸지? 블루링. 그럼 나크를 깨워 볼까?"

흰자를 드러낸 채 침 흘리며 자고 있는 나크를 부르며 흔들었다. 몇 초쯤 반복하자 신음과 함께 나크가 깨어났다.

"괜찮아?"

"어, 어라, 우사토 씨? 나…… 왜 잠을…… 아, 아아, 그래, 방금 무서운 꿈이…… 괴물한테 죽도록 쫓겨서……."

"응?"

어떻게 된 걸까.

무서운 꿈을 꾼 것 같지만, 짧게 잘 때 악몽을 꾸기 쉽다고 들은 적 있고, 신경 쓸 필요 없으려나.

"그럼 갈까?"

"예?"

"뭘 그렇게 놀라? 계속해야지."

내 얼굴을 보고 나크가 경직됐다.

무슨 말을 하는지 알 수 없다는 표정을 짓는 그를 보고 나는 고개를 갸우뚱했다.

그리고 나크는 마침내 자신이 블루링 위에 있음을 깨달았는지 손을 짚고 있는 블루링의 등을 보고서 다시 경직되었다.

끼기긱 하는 의성어가 달릴 듯한 둔한 동작으로 나크가 나를 보며 물었다.

"……계속, 한다뇨?"

"훈련 말이야."

순간, 나크의 눈동자에서 빛이 사라졌다.

***

나크의 훈련 첫째 날의 성과는 그저 그랬다.

일단 체력 문제였다. 이건 남은 나흘간 어떻게든 될 것이다. 그에게 빠른 속도를 바라지는 않았기에 계속해서 움직일 수 있을 만한 지구력과 내구력, 최종적으로 그 부분을 키우면 된다고 생각하고 있다.

그리고 둘째 날부터는 가장 중요한 부분인 치유마법을 훈련에 도입했다.

막상 시작해 보니 달리면서 마법을 행사하는 것은 익숙하지 않으면 어려운 모양이라 나크도 고전하고 있었다.

내 경우에는 달리는 동작과 마력을 느끼는 것을 병행하도록 강제로 익혔는데, 어째서 로즈가 내게 그런 훈련을 시켰는지 이제야 알 것 같았다.

"뭐, 그것도 익숙해지면 어느 정도 할 수 있으려나……."

루크비스 학원의 훈련장 끄트머리에 서서 블루링에게 쫓기고 있는 나크를 바라보며, 나는 현재 훈련의 성과와 개선점에 관해 생각했다.

옆에는 후드를 쓴 아마코가 지면에 앉아 있었다.

블루링이 훈련에 투입되어 심심해졌는지 나크와 내 훈련을 보러 온 것 같았다.

"최악의 경우에는 로즈식 강제훈련계속귀축치유마법을 쓸까……. 하지만 그걸 쓰는 건 양심의 가책이……."

"이름부터 비정상적인 느낌이 드는데……."

"하하하, 정상일 리가 없잖아. 단장인걸."

"그걸 최종 수단으로 쓰려 하고 있는 우사토도 정상이 아니야……."

실례되는 소리~! 그 사람은 마법의 마도 모르는 내게 어제 이상의 훈련을 시켰다고. 즉, 치유마법으로 피로도 고치지 못 하는 상태에서 기절을 반복하며 끝없이 발을 놀렸다는 거다.

내 옆에 주저앉아 있는 아마코는 어째선지 불쌍하다는 눈으로 나를 보았다.

"나크랑 우사토를 똑같이 취급하면 안 돼."

"어이, 마치 내가 마법을 배우기 전부터 이상했다는 것처럼 말하지 마."

"그런 터무니없는 훈련을 최종적으로 극복한 걸 보면 원래부터 이상했던 거라는 생각밖에 안 들어."

"……."

어, 어라? 난 이상하지 않지?

당시에는 죽을 둥 살 둥 훈련한지라 기억이 희미하고, 게다가 꽤 마음이 피폐했던 것 같다.

뭐, 그건 제쳐 놓고 나크에 관해 생각하자.

불쌍하게 바라보는 아마코의 시선에서 도망치듯, 달리고 있는 나크 쪽으로 시선을 되돌렸다.

시선 끝에서는 나크가 거친 숨을 토하며 블루링에게 쫓기고 있었다.

조금씩 페이스가 떨어지네. 블루링은 나크의 페이스가 눈에 띄게 떨어진 것을 보고, 알기 힘들 만큼 속도를 늦춰 편하게 훈련하려 하고 있었다.

안 돼, 이건 좋지 않아.

훈련의 적은 편안함이다.

나크라면 모를까, 정식 단원이라고 할 수 있는 블루링에게 태만은 허락되지 않는다.

"나크, 페이스가 떨어졌어~! 블루링, 누가 그렇게 편하게 훈련하래! 마물이라면 그럴듯한 모습을 보이라고!"

나크에게 주의를 주면서 블루링에게 호통을 날렸다.

그러자 어째선지 부드럽게 주의를 준 나크 쪽이 눈물을 글썽거리며 달리는 속도를 단숨에 올렸다.

한편 블루링은 「예예, 알겠습니다~」라는 것처럼 태평하게 울고서 나크와 마찬가지로 달리기 시작했다.

둘 다 전력에 가까운 속도로 달리게 되었지만, 블루링은 그렇다 쳐도 나크는 왜……?

전력으로 달리는 나크를 보고 아마코가 멍하니 중얼거렸다.

"솔직히 질렸어. 정떨어졌어. 우사토는 상냥하게 대하려는 거겠지만, 나크 입장에서 보면 블루링을 향한 호통이 다음 번에는 자신에게 올지도 모른다고 생각하니까 필사적이 되는 건 당연해. 역시 우사토야. 이 여행으로 얼마나 날 놀라게 해야 속이 시원한 걸까."

그러면서 고개를 끄덕거렸다.

"무슨 방식으로 납득하는 거야?!"

하지만 결과적으로 나크가 의욕적으로 나서게 됐으니 좋다고 치자.

어떤 페이스로 달려도 문제는 없었다. 페름과 달리 나크는 치유마법사라서 기절해도 무의식적으로 치유마법을 발동해서 고쳤다.

그를 둘러싼 환경을 생각하면 그렇게 성장한 것은 당연할지도 모르지만, 자동으로 작용하는 것만으로는 안 된다. 이 닷새간 얻으려는 성과는 어디까지나 체력 강화와 치유마법을 동시에 행사하는 데 익숙해지도록 하는 것이었다.

"아마코, 너는 뛰면서 예지할 수 있어?"

"일단은 가능해. 하지만 내 마법은 집중력이 중요해서, 가능은 해도 아주 가까운 미래밖에 안 보여."

"나는 달리면서 마법을 행사할 수 있게 훈련받았기 때문에 그 부분은 모르겠어. 그러니 가르쳐 줘. 내 훈련은 잘못됐어?"

"……."

아마코는 고민스럽게 끙 소리를 냈다.

"……모르겠어. 내가 말할 수 있는 건…… 치유마법사가, 싸울 리 없는 마법사가 싸우기 위한 훈련을 하는 건 잘못됐다는 것뿐이야. 하지만, 우사토의 방식은 엄격하고 부조리하고 미쳤지만, 바라는 성과는 합리적이야. 엄격하고 부조리하고 미쳤지만."

"두 번 말하지 않아도 돼!"

예전부터 그랬지만 너 꽤 신랄하단 말이지.

뭐, 합리적이라는 말을 들었으니 충분한가.

그렇다면 쭉쭉 진행하자. 단련은 결코 자신을 배신하지 않는다. 그것을 가장 잘 이해하고 있는 사람은 다름 아닌 나였다.

"그럼 나는 나대로 힘내야겠네."

훈련장이라는 딱 좋은 장소에 있는 김에, 나크 쪽을 신경 쓰면서, 어제부터 생각했던 치유마법의 활용을 시도해 보자.

"뭐 하려고?"

"치유마법을 날릴 수 있나 시도해 보려고."

그저께 카즈키가 했던 것처럼 마력탄을 종횡무진 조종하여 상대를 공격하는 것이 아니라 그저 순수하게 마력탄을 날릴 수 없을까?

치유마법의 빛을 날려서 어쩌자는 거냐고 생각할 수도 있지만, 그 질문에 대한 내 대답은「내 나름대로 치유마법의 사용법을 모색

해 보고 싶다」는 한마디로 정리된다.

"무계통 마법 중에 마력구를 던지는 게 있지만, 우사토가 하려는 건 그거랑 비슷한 거야?"

"그런 느낌이려나? 나는 늘 몸을 덮는 형태로 치유마법을 전개하고 있으니까. 누군가를 고칠 때는 필연적으로 상대에게 접근해야만 해. 그래서 어느 정도 마력을 던지는 기술을 연마한다면 여러 가지로 패가 충실해질 것 같거든."

현재 내가 치유마법으로 하고 있는 일은 지금 달리고 있는 나크처럼 전신에 치유마법을 휘감아 몸의 피로를 순식간에 회복시키는 것이었다.

하지만 지금부터 시도하려는 것은 아마 로즈가 내게 가르칠 생각이 없었던, 또는 아직 내게 가르칠 필요가 없었던 방식이리라.

여기에 로즈가 있었다면 적절한 조언을 받을 수 있었을지도 모르지만, 지금은 내 힘으로 모색할 수밖에 없었다.

눈을 감고 천천히 오른팔을 들어 치유마법의 빛을 방출시켰다. 다른 사람보다는 마력을 잘 다룬다고 자부하고 있었다. 휘감고 있는 마력을 손바닥에 모아 그대로 구체 형태를 만들었다.

방출은 치유마법을 행사할 때와 똑같았다. 남은 것은 그것을 얼마나 내가 상상하는 구체에 근접시키는가…….

"……."

이누카미 선배는 손바닥에서 방전하듯 전격을 내보냈다.

카즈키는 빛의 마력 구체를 주위에 만들어 냈었다.

내가 이미지하는 것은 예쁜 녹색 구체. 계통 강화처럼 마력을 보탤 필요 없이, 모인 마력을 그저 이어 나갈 뿐—.

손바닥에 확실한 마력 감촉이 느껴졌다.

그대로 눈을 뜨고 손바닥을 보니…….

"의외로 간단하네. 뭔가 맥 빠져……."

상상했던 구체가 내 손바닥에 둥실둥실 떠 있었다.

생각보다 어렵지 않았다.

좀 더 애먹을 줄 알았는데……. 의문스럽게 여기며 아마코 쪽을 보자 그녀는 어이없다는 얼굴로 한숨을 쉬었다.

"당연하지……. 마력 구체를 손에 만드는 건 마법사로서 기본이야. 인간이든 수인이든 그 기본은 다르지 않아. 오히려 지금껏 그걸 안 했던 게 이상해."

"기본을 넘겨 버리는 게 구명단의 훈련이니까……."

아마코에게서 시선을 옮겨 손바닥 위의 구체를 보았다. 둥실둥실 떠 있는 그것은 내 손을 따라오듯 움직였다.

……좋아.

"읏?!"

"칫!"

들켰나.

시험 삼아 아마코에게 치유마법 구체를 맞춰 보려고 했지만, 구체가 닿기 직전에 아마코는 뒤로 확 물러나 버렸다.

아마코가 내게서 거리를 벌리고 놀란 표정으로 바라봤다.

"방금 나한테 그걸 들이밀려고 했어……?"

"무슨 소리야. 내가 너한테 그런 짓을 하겠어? 말도 안 되지."

"분명 혀를 찼고, 갑자기 내 몸이 초록색으로 발광하는 미래라니, 우사토의 치유마법 말고 누가 그런 일을 할 수 있다는 거야?"

몸이 초록색으로 빛난다고……?

그렇군, 이걸 맞으면 담겨 있는 마력만큼 회복하는 건가. 이건 편리하다.

"어라라~ 미안. 손안에 있던 마법이 나도 모르는 사이에 아마코 쪽으로 날아가 버렸나 봐."

"우우……!"

아마코에게 한 방 먹이겠다고 결심했던 것도 일단은 성공했기에 응용으로 넘어가기로 했다.

우우우 하면서 나를 노려보는 아마코의 시선을 웃으며 흘려 넘기고 10미터쯤 떨어진 곳에 있는 과녁을 응시했다.

"뭐, 마력을 튕기듯 움직이면 날아가겠지."

손바닥을 내밀고서 생성한 마력구를 쏘는 이미지로 내보내 보았다. 마력의 조작은 이미지와 감각과 숙련이었다. 평소처럼 조작하면 마력을 쏘는 것 정도는 간단했다.

생각한 대로 마력탄은 팡! 하는 특유의 파열음과 함께 쏘아졌다.

손바닥에서 상당한 기세로 쏘아진 마력탄을 보고 무심코 감탄하고 말았다.

"오오! ……오?"

놀라서 외친 것도 잠시, 기세 좋게 쏘아진 마력탄은 어느 정도 날아가자 그대로 감속했고, 과녁에 도착했을 무렵에는 꽤 느려졌다.

몇 번을 시도해 봐도 결과는 같아서 발사와 동시에 감속하고 말았다.

"우사토는 마력을 쏘는 데 소질이 없나 보네."

"이것도 소질이 있는 건가……."

여기까지 와서 치명적인 결함이 드러났다.

나는 마력을 날리는 데 그다지 소질이 없는 모양이었다. 최초의 기세만큼은 굉장한데…… 아니, 최초의 기세는 팔을 내미는 동작 때문에 빨라졌을 뿐인 거잖아.

그게 뭐야, 괜히 좋아했네…….

"잠깐……."

애초에 가만히 선 상태에서 쏠 필요 따위 없었다.

마법을 쏘는 재능이 없는 시점에 제대로 된 방법으로 성장할 길은 닫힌 것이나 마찬가지다. 그렇다면 내 나름대로 실전 수준까지 끌어올리면 되지 않나?

내 나름대로―.

즉, 힘으로 밀어붙이는 거다.

"우사토, 이건 소질 문제니까 포기해. 이미 충분히 강하니까."

"아직 방법은 있어, 아마코……!"

"뭐?"

다시 마력을 손에 집중시켜 구체를 만들었다.

손바닥에 떠오른 구체를 감싸듯 움켜잡고 상체를 크게 젖히며 팔을 치켜들었다.

“으랏차!”

“엑?!”

내던져진 치유마법 구체는 감속하지 않고서 무시무시한 기세로 과녁에 격돌— 하지 않고 그대로 빗나가 다른 과녁에 격돌하여 빛을 흩뿌렸다.

겨냥이 잘 안 되네. 뭐, 원래 세계에서 구기 종목은 그다지 즐겨 하지 않았고, 명중률이 낮은 건 어쩔 수 없다. 이것도 연습할 수밖에 없겠어.

후우, 숨을 내쉬고 마력탄이 맞은 곳을 보았다.

대충 20미터 정도인가……. 조금 더 먼 과녁에도 맞출 수 있을 것 같다. 무게가 없는 마력탄을 완력만으로 던지고 있기에 그다지 멀리는 못 보내겠지만.

“정진만이 살길이겠어.”

“아니아니아니, 이상해. 무게가 없는 마력을 던지다니…….”

“이게 나만의 기술, 치유마법탄이야.”

이상해, 이상해, 이상해, 하고 메트로놈처럼 몸을 흔들며 멍하니 중얼거리는 아마코를 무시하고 나크 쪽으로 의식을 보냈다.

나크는 조금 전과 다름없이 블루링과 함께 달리고 있었지만 다리를 삐끗하면서 균형이 무너졌다.

“오…….”

저 페이스로 계속 달렸으니 어쩔 수 없나. 넘어지려는 그를 응시한 채 앞으로 뛰어서 거리를 단숨에 좁힌 나는 앞으로 고꾸라진 나크를 부축했다.

"괜찮아? 나크."

"하아…… 하아…… 죄송, 합니다……."

마력은 고갈되지 않았다. 그렇다는 것은 피로 때문에 치유마법을 행사하는 집중력이 흐트러져 버린 건가.

그의 등에 손을 대고 치유마법을 걸었다.

숨은 여전히 거칠었지만 점차 그의 안색이 좋아졌다.

"역시 치유마법을 쓰면서 달리는 건 어려워?"

"네. 불가능하진 않아요. 하지만 긴장을 늦추면 바로 풀려서……."

"그건 익숙해져야 할 부분이라 별수 없어. 나도 하루아침에 습득한 게 아니니까 조급해하지 말고 찬찬히 해 나가자. 아직 사흘이나 있어."

하지만 사흘밖에 없다고도 할 수 있었다. 최악의 경우, 다쳤을 때만 치유마법을 행사하게 하고 그 외에는 체력에 맡겨 회피에 전념시키는 전술도 있지만, 그래서는 치유마법을 쓸 때 너무 빈틈이 크다.

나크는 열심히 하고 있었다. 중요한 학업을 쉬면서까지 훈련에 힘쓰고 있었다. 훈련에 임하는 마음도 진심이리라.

하지만 아무리 진심으로 노력해도 최악의 가능성은 따라다녔다.

그에게 무슨 말을 해야 할지 머뭇거리고 있으니 나크가 「아!」 하는 소리를 내면서 훈련장 입구 부근을 보았다.

그를 따라 고개를 돌려 보니 트윈테일 소녀가 내 부축을 받은 나크를 보며 비릿한 미소를 짓고 있었다.

"미나인가."

그녀도 이 훈련장에서 마법 연습이라도 하려는 건가 싶었지만 나크의 모습을 한 번 보더니 발길을 돌려 건물 안으로 걸어가 버렸다.

"놀리려고 온 건가?"

자신은 특별히 아무것도 안 해도 이길 수 있다는 자신감의 표현일까.

아무튼 마음에 안 들었다. 화를 가라앉히며 치유를 마친 나크의 몸을 일으켰다.

일어난 나크는 한 손으로 얼굴을 누르고서 내게 등을 돌렸다.

"저 녀석은, 나를 비웃고, 욕하고……. 하지만 나보다도…… 마법이고 뭐고 전부 대단하니까 아무 말도 할 수 없어요……."

"나크, 신경 쓸 것 없어."

"신경 쓰여요. 왜냐하면…… 예전에는, 여기 오기 전에는 이렇지 않았으니까……. 저 녀석도, 이렇게까지 심한 짓을 하는 녀석이 아니었어요."

나크는 괴롭힘당하기 전부터 미나와 아는 사이였던 건가.

만약 그렇다면 어째서 그를 괴롭히고 있는 걸까.

"내 적성이 치유마법이라는 이유만으로 다들 변했어, 달라져 버렸어. 이딴 곳에 있고 싶지 않은데, 여기 말고 돌아갈 곳이 없어……."

돌아갈 곳이 없다?

그의 말에 고개를 갸웃했지만 그에 아랑곳없이 나크는 말을 계속했다. 마치 토해 내듯 말을 잇는 그의 표정은 어딘가 비통해 보였다.

"우사토 씨, 이 훈련으로 강해질 수 있나요? 저는 미나를 이길 수 있을까요? 정말로…… 이런 제가—."

순간 자신이 무슨 말을 하려는지 깨달은 나크는 돌연 입을 다물었다.

한순간의 정적 후, 얼버무리듯 나크가 입을 열었다.

"영문 모를 소릴 해서 죄송해요. 방금 했던 말은 신경 쓰지 마세요."

아니, 신경 쓰여.

미나와의 싸움보다도 훨씬 심각한 문제를 안고 있는 듯한 그 발언은 뭐야.

"우사토 씨에게는 감사하고 있어요. 하지만 이틀간 하고 있는 일이라고는 그저 달리는 것뿐…… 의심하는 건 실례임을 알지만, 저는 이 훈련에서 의미를 찾을 수 없어요."

"아니—."

생각에 잠긴 그의 등을 보고 나는 무심코 손으로 입을 덮었다.

그런 걸 고민하고 있을 여유가 있으면 훈련하라는 말이 자연스럽게 튀어나오려고 해서 놀랐기 때문이다.

안 돼, 로즈에게 물들고 있어.

여러 가지 문제를 안고 있는 그에게 무자비한 말을 하는 것은 역시 너무한 일이었다.

심호흡하여 조금 전 머릿속에 떠오른 인정사정없는 대사를 소거하고 그를 질타하는 자상한 말로 변환했다.

"「이길 수 있을까」가 아니라 이기는 거야. 그리고 미나는 너를 얕보고 있어. 이건 너한테 나쁜 일이 아니야. 방심하는 만큼 빈틈이 생기기 쉬워. 그 허점을 찌르기 위한 공격력을 얻으려면 네 몸을 단련할 수밖에 없어. 그러니까…… 힘내자."

"힘내자, 인가요……."

내 말에 그는 이쪽으로 등을 돌린 채 고개를 끄덕이더니 그대로 달리기 시작했다. 그런 그를 복잡한 마음으로 바라본 나는 조금 전 그의 말에 찜찜함을 느끼면서도 옆에서 아무렇지도 않게 농땡이 피우려는 블루링을 일으켰다.

"농땡이 피우지 마."

"크웅……."

"계속 그러고 있으면 나크를 따라잡지 못하게 될걸?"

억지로 일으킨 블루링을 밀어 다시 달리게 했다. 달리기 시작하는 블루링과 그 앞에서 달리는 나크의 모습을 보고 문득 생각했다.

로즈가 보던 광경은 이런 느낌이었을까.

그 험상궂은 면상들의 훈련 풍경을 봐도 괴물이 대열을 이루어 달리는 모습으로만 보이지만, 나보다도 어린 나크와 블루링이 달리는 광경을 보니 어쩐지 이상한 기분이 들었다.

"스승과 제자라……."

나직이 중얼거린 나는 달리는 그에게 방해되지 않게 장소를 이동했다.

***

나크 아가레스.

짜증 나서 참을 수 없는 그 녀석의 이름이다.

훈련장에서 그를 본 나는 다음 수업을 들으러 발걸음을 옮겼다.

“미나 양. 왜 나크만 괴롭히는 건가요?”

“뭐?”

항상 내 뒤를 따라다니는 귀족들 중 한 명인 여자아이가 그런 질문을 했다.

이 아이의 이름이 뭐였더라? 라고 생각하면서도 그렇게 질문한 이유를 물었다.

“왜 그런 걸 알고 싶은데?”

“예? 아뇨, 그…… 울분을 풀 거면 딱히 나크가 아니어도 되지 않나 싶어서……. 그 괴물 같은 치유마법사와 함께 있는 나크를 굳이 노리지 않아도…… 힉?!”

헤실헤실 웃으며 그렇게 말한 여자아이를 노려보았다.

“있지, 난 울분을 풀기 위해 그러는 게 아니야. 그런 짓을 하며 웃고 싶다면 멋대로 하도록 해. 너 혼자서 말이야.”

“죄, 죄송해요…….”

다른 녀석들도 내 말에 얼굴이 파래졌다.

결국 강자에게 기생하지 않으면 자신을 강하게 내보이지 못하는 겁쟁이들이었다.

아버지가 학원에서도 귀족들과 많은 연을 맺으라고 하지 않았다면 이런 녀석들 따위 진즉에 쫓아버렸을 것이다.

"나크와는 옛날에 같이 놀던 사이야. 부모님들이 친했거든. 그의 집에서 열리는 다과회에 자주 초대받았어."

다과회란 것은 정말 지루하다.

잡담을 나누며 과자를 집어 먹을 뿐. 심지어 어린아이인 내게는 무시무시하게 재미없는 이야기만 했었다.

"엇…… 그렇다는 건 나크도 귀족이었나요?!"

"……그래, 적어도 너희보다는 신분이 높아."

그렇게 말하자 녀석들은 더욱 얼굴이 파래졌다.

"그 녀석은 옛날부터 흐리멍덩하고 음침해서 내가 밖으로 데리고 나가 주지 않으면 줄곧 집에 틀어박혀 있는 얼간이였어."

어릴 적 내 심심풀이 상대가 나크였다.

솔직히 심심풀이 자체는 그다지 즐겁지 않았지만, 어린 나는 어째선지 웃고 있었다.

"……읏."

옛날 일을 떠올리자 주체할 수 없는 감정이 가슴 안쪽에서 북받쳤다.

지금의 나와 나크를 둘러싼 상황은 달랐다.

더는 그 시절로 돌아갈 수 없다.

"……어차피 무리일 거야. 내게 맞설 뜻을 보였어도, 그딴 건 눈가림에 불과해."

나는 뒤에 있는 녀석들이 아니라 스스로에게 들려주듯 그렇게 중얼거렸다.

사람은 그리 간단히 바뀌지 못한다.

확실히 그 치유마법사는 나크를 강하게 만들 수 있을 것이다.

솔직히 말해서 하르파 선배를 쓰러뜨린 그 치유마법사는 이 학원에 있는 누구보다도 강했다.

그런 그의 훈련을 받고 강해지지 않을 리가 없다.

하지만 제일 중요한 나크가 그 훈련을 완수하지 못한다면 의미가 없었다.

"그 녀석은 힘들어지면 반드시 도망쳐."

그 녀석은 자신의 의지로 내게 맞서려는 것이 아니었다.

그저 부조리한 상황에서 벗어날 계기에 매달리고 있을 뿐이었다.

그렇기에 도망친다.

눈앞의 괴로운 현실에서…….

***

어제 깨달았어야 했다.

미나에게 비웃음당했을 때 나크가 보인 약한 모습과 고뇌, 그것을 해결하려면 미나를 쓰러뜨릴 수 있는 실력을 갖추면 된다고 생각했다.

하지만 아니었다.

그가 품은 어둠은 나나 이누카미 선배가 생각했던 것보다도 깊고 잔혹했다.

그것을 이해한 것은 훈련 사흘째를 맞이한 이른 아침…….

처음에는 자율 훈련을 하러 나갔나 싶었다.

키리하가 빌려준 침실에 없었기 때문이다.

하지만 훈련장에도 없었다. 이것 참, 자율 훈련을 너무 열심히 한 나머지 늦는 건가, 하고 웃으며 팔짱을 끼고 블루링과 함께 기다리길 약 한 시간.

뒤늦게 온 아마코가 지적해서 겨우 깨달았다.

나크가 훈련에서 도망쳤다는 사실을—.

***

도망쳐 버렸다.

훈련이 힘들었다.

미나와 싸우고 싶지 않았다.

이 이상 쓸데없는 노력은 하고 싶지 않았다.

바보 취급당하고 싶지 않았다.

여러 가지 이유…… 아니, 변명이 있었다.

그 모든 것이 한심해서 내가 지독히 약한 존재임을 재확인하고 말았다.

치유마법이라는 계통에 눈떴을 때부터 그렇게 되어 버렸을지도 모르고, 애당초 태어났을 때부터 부과된 운명이었을지도 모른다.

"으……."

인적 없고 어두운 좁은 뒷골목에 주저앉아 무력감에 시달리며 땅을 바라보았다.

미나 일행에게 괴롭힘당할 것 같으면 항상 이곳으로 도망쳤다.

나의, 나만의 비밀 장소.

누구도 이런 길이 있다는 것을 모를 테고, 알게 되더라도 금방 잊어버릴 만한 곳— 사람이 다가오지 않는 이 뒷골목이 내게는 어떤 곳보다도 안정되는 장소였다.

"흑…… 흐으……."

그런 곳에서 언제나처럼 울었다.

아무도 오지 않는 이곳에서 그저 눈물을 흘렸다.

평소에는 괴롭힘당해서 울지만 오늘은 우는 이유가 달랐다.

"죄송, 해요…… 죄송……해요."

도망쳐 버렸다.

우사토 씨가 아니라 미나에게서—.

어제 봤던 그 얼굴.

나를 깔보고, 비웃고, 자비라고는 모르는 천진한 그 웃음이 그저 무서웠다. 몸이 떨렸다. 희미하게 보였던 승리라는 희망이 뭉개져 버렸다.

성장할 수 있을 줄 알았다. 치유마법이라는 성가신 마법에 눈떠 인생이 이상해져 버린 내가 성장하여 모두에게 인정받고, 그리고 우사토 씨처럼 강해질 수 있을 줄 알았다.

그렇게 생각하면 힘든 훈련도 어떻게든 견뎌 낼 수 있었다.

기절할 것 같아도 이를 악물고 버텼다.

블루 그리즐리에게 쫓겨도 공포를 억누르고 필사적으로 달렸다.

우사토 씨의 호통이 내게 향하지 않도록 필사적으로 노력했다.

하지만 미나라는 순수한 악의에 노출되자 단숨에 식어 버렸다.

그저 달리기만 하는 훈련이 무슨 소용이야.

다리를 단련해서 어쩔 건데.

왜 달리면서 치유마법을 써야만 하지?

어째서 이런 힘든 일을 겪으며 이길 수 없는 승부에 도전해야만 하는 거야!

아니야, 아니야아니야아니야!

전부 허울 좋은 변명이다.

우사토 씨의 훈련에는 분명한 의미가 있었다.

그 증거로 며칠 전의 자신과는 확연히 다름을 자각할 수 있을 만큼 다리가, 그리고 몸이 가벼웠다. 체력도 놀라우리만큼 붙었다.

불과 이틀간의 훈련으로 이러한 성과를 보였다.

우사토 씨의 훈련은 틀리지 않았다. 틀린 것은 나다.

이미 훈련이 시작됐을 시간인데 나는 이런 곳에서 한심하게 울며 멋대로 절망하고 주저앉아 있었다.

"나는, 바보야…… 비겁한 놈이야."

미나와 싸우는 것이 무서웠다.

대결에서 진다면 더욱 심한 꼴을 당하게 될 것이다. 이 이상 지독해진다니 상상이 안 가지만, 상상을 아득히 뛰어넘는 잔혹성을 미나가 보여도 이상하지 않았다.

그건 상관없다.

불행한 일을 당하는 것이 나뿐이라면 그걸로 좋다. 하지만 진다면 우사토 씨도, 용사도 미나에게 죗값을 치러야 한다.

"기대 따위 받고 싶지 않았어……!"

이렇게 될 거였으면 희망에 매달리지 말았어야 했다.

나만 상처받았어야 했다.

멋대로 상처가 낫는 나 혼자만 다쳤어야 했다.

그러면 누구에게도 기대받지 않고 끝났을 것이다.

우사토 씨와도, 용사와도…… 잠자리를 빌려준 수인 남매와도 엮이지 않고 끝났을 것이다.

"……으 ……으아."

그렇게 생각하자 눈물이 멈추지 않았다.

이틀간의 기억이 떠올랐기 때문이다.

힘든 훈련뿐이었다.

하지만 오랜만에 다른 사람의 상냥함을 느꼈다.

우사토 씨는 글러 먹은 나를 단련시키려고 해 주었다.

덜떨어진 치유마법을 쓰는 나를 버리지 않았다.

몇 번이고 계속해서 의식을 잃는 나를 격려해 주었다.

지쳐서 혼자서는 돌아가지 못하는 나를 키리하 씨네 집까지 데려다주었다.

수인과 인간의 장벽을 넘어 즐겁게 담소하는 우사토 씨를 보고 나는 멍해졌었다.

키리하 씨와 쿄우 씨도 특별히 싫어하는 얼굴을 하지 않았다.

"으…… 아…… 아아아……!"

그런 추억도, 앞으로 있었을 미래도, 스스로 부쉈다.

끔찍한 가족과의 추억도 잊어버릴 만큼 행복한 한때를 스스로 버리고 말았다.

이번에야말로 아무것도 남지 않을 것이다.

이대로 미나의 제재를 기다릴 뿐—.

하지만 이것은 포기해 버린 내 잘못이었다.

적어도 우사토 씨에게는 폐를 끼치지 말자.

어떤 대가를 지불하더라도 미나가 우사토 씨에게 간섭하지 못하도록 하는 거다.

"……읏."

오열을 삼키고서 눈물을 벅벅 닦았다.

가자.

마음이 꺾인 채 미나에게 도전했다가 패배하여 비참한 일을 겪는 것보다도 나 혼자 상처받고 끝나는 최선의 미래를 택하는 편이 나았다.

"가야 해……."

"좋아, 찾았다."

"어……?"

일어나려고 무릎에 힘을 준 그 순간, 밝은 목소리가 어두운 뒷골목에 울렸다.

그 목소리를 듣자 다리에서 힘이 빠져 다시 땅에 주저앉았다.

목소리가 들린 방향으로 멍하니 얼굴을 돌리니— 어두운 공간에 어울리지 않을 만큼 눈에 띄는 흰색 코트를 입은 사람이 서 있었다.

어두워서 얼굴은 보이지 않지만, 그 목소리와 서 있는 모습에 자연스럽게 입술이 움직였다.

"우사토, 씨……."

지금 가장 볼 면목이 없는 사람이 그곳에 나타났다.

***

나크를 찾는 것은 아주 간단했다.

간단하다고는 해도 블루링과 아마코가 있기에 가능한 이야기였다.

일단 블루링의 코로 나크의 냄새를 좇았다. 그러면서 아마코의 예지마법을 발동시켰다.

블루링의 코로 대강 범위를 좁히고 아마코의 예지로 그 범위 안에 있을 나크를 샅샅이 찾아 나섰다. 그야말로 완벽한 연계……. 나는 전혀 도움이 안 되지만 말이지.

그 결과, 단시간에 나크를 찾을 수 있었지만 그는 오열하며 울고 있었기에 꽤 당황했다.

그렇게 훈련이 힘들었나…….

중간중간 휴식 시간을 준 만큼 로즈보다 양심적이었는데…….

아니, 잠깐만. 애초에 휴식 시간을 주는 게 당연하지 않나……?

아, 아무튼 뒤에서 나를 비난하듯 보고 있는 아기 여우와 새끼 곰을 골목 밖으로 쫓아내고 그와 일대일 대화를 시도했다.

되도록 가벼운 목소리로 말을 건 뒤, 그의 반응을 본 후 이야기하기 편하게 옆에 앉았다.

뒷골목 바닥은 싸늘하니 차갑구나 하는 생각을 하며 나크 쪽을 바라보니 그는 나와 얼굴을 마주하는 것이 어색한지 고개를 숙인 채였다.

"아, 어…… 어째, 서……."

"이렇게 좁은 도시인걸. 너를 찾는 것 정도는 우리한테 식은 죽 먹기야."

나는 아무것도 한 게 없지만 말이지!

믿을 수 없다는 눈으로 올려다보는 나크를 향해 자조적으로 웃었다.

"미안. 너무 혹독하게 했나 봐. 역시 남한테 뭘 가르쳐 본 적이

없는 나한테는 무리였던 모양이야…….”

“아, 아니, 아니에요! 도망친 건, 우사토 씨 탓이 아니라, 제게…… 미나랑 싸울 각오가 없어서 겁먹고 말았으니까…….”

“겁먹었다고……?”

훈련에 넌더리가 난 게 아니었나?

그럼 왜 이런 곳에서 울고 있던 거지? 이상하게 여기고 있으니 그는 여기서 울고 있던 이유를 띄엄띄엄 이야기하기 시작했다.

이야기를 듣고, 그가 미나에게 품고 있는 공포는 상상 이상으로 뿌리가 깊다는 것을 알 수 있었다.

딱 한 번 얼굴을 마주했을 뿐인데 그의 결심을 꺾을 정도였다. 예사롭지 않았다.

“너랑 미나는 대체 무슨 관계야? 네가 치유마법사라는 이유만으로 괴롭히고 있는 게 아닌 거야?”

어제는 굳이 묻지 않았지만, 사태가 이렇게 된 이상 알아 두는 편이 좋았다.

나크는 땅을 바라보며 망설이다가 연약한 목소리로 천천히 입을 열었다.

“……고향에서는 자주 같이 노는 사이였어요. 부모님들끼리 친해서, 그 녀석의 부모님이 우리 집에 올 때마다 그 녀석은 저를 데리고 돌아다녔어요.”

뭐야. 그럼 나크와 미나는 흔히 말하는 소꿉친구인 건가?

그보다 미나는 귀족집 딸이라고 들었는데 혹시 나크도……?

아니지, 그렇다면 나크도 학생들에게 미나와 비슷한 취급을 받았을 것이다.

하지만 현실은 전혀 다르잖아.

"저는 원래 귀족 출신이에요. 여기 오기 전에는 그런대로 좋은 생활을 했다는 자각도 있어요."

"그러던 게 왜……?"

"저희 집안사람들은 대부분 물 계통 마법으로 각성해요. 아버지의 결혼 상대도 일부러 물 계통 마법사를 골랐죠. 당연히 저도 아버지가 고용한 마법 강사 밑에서 물 계통 마법을 배울 예정이었어요."

"……그런데 치유마법인가."

"네. 아홉 살 생일에 저와 여동생이 무슨 적성을 갖고 있는지 조사하게 됐어요. 당연히 부모님은 저와 동생이 둘 다 물 계통 적성을 가지고 있을 거라고 생각했죠. 하지만…… 결과는 동생만 물 계통 적성을 나타냈어요."

나크의 현재 상황을 보면 아마도 그의 부모는…….

"그 이후로 제 일상은 급변했어요. 그렇게나 자상했던 아빠와 엄마는 다른 사람처럼 차가워졌고, 사이가 좋았던 동생과 만날 수도 없어졌고, 밖에도 자유롭게 내보내 주지 않게 됐어요."

"너무하네……."

치유마법 적성을 나타냈다는 이유만으로 부모의 애정을 받을 수 없게 됐다.

당시 나크는 도저히 견딜 수 없는 심정이었으리라.

"하하하, 바보 같죠. 그리고 끝내는 저택에서 쫓아내듯 루크비스에 보낸 거예요. 그 시점에서 제가 돌아갈 곳은 없어졌지만…… 그래도 저택에 있을 때보다는 마음이 가벼웠어요. 마침내 해방됐다고 생각했는데……."

그렇게 말하고 자조적으로 웃는 나크의 모습은 몹시 애처롭게 보였다.

처음 만났을 때 나크가 허둥댔던 것은 자신이 있을 곳인 학원에서 쫓겨나지 않기 위해 필사적으로 수업을 들으려 했기 때문이었나…….

그러나 그에게는 학원조차 안식처가 되지 못했다.

"그런데 미나가 너를 괴롭힌 건가……."

"그 녀석은 옛날부터 제멋대로였어요."

하지만 그녀는 어째서 옛날부터 아는 사이인 나크를 괴롭히고 있는 걸까?

"미나는 언제나 제 손을 잡아끌고 밖으로 나갔어요. 막무가내인 녀석이었지만, 그 무렵의 저는 신기하게도 그 녀석이 싫지 않았어요."

"친했어?"

"그건, 모르겠어요. 그 녀석, 정말로 제멋대로라 항상 휘둘리고…… 하하하, 생각해 보면 여기 오기 전에도 그 녀석이 귀찮게 따라다녔었죠."

나크는 가라앉은 목소리로 웃었다.

그러나 그 웃음도 곧 비통하게 바뀌었다.

"미나가 저를 괴롭히는 이유는 몰라요. 부모님 때문이라든가 치유마법 때문이라든가, 짐작 가는 건 많지만…… 이제 그만 내버려 뒀으면 좋겠어요…….”

“…….”

심각해…….

왜 내 지인은 다들 이렇게 심각한 고민을 안고 있는 거야.

선배도 그렇고, 아마코도 그렇고, 나는 그런 사람들을 잘 끌어 모으는 체질인가?

싫다, 그런 체질. 내가 감당하기에는 너무 무거워.

하지만—.

“내버려 둘 수 없단 말이지.”

그의 고민을 들은 시점에서 이미 못 본 척한다는 선택지는 없었다.

하겠다고 정했으면 끝까지 해 주겠어.

“요컨대 미나는 너를 따라다니는 귀찮은 소꿉친구라는 거지?”

“그런 귀여운 존재가 아닌데요…….”

“너희 부모님의 사상이 상당히 유쾌하다는 것도 알았어. 네가 여기 말고 돌아갈 곳이 없다는 것도 알았고. 그럼 앞으로…… 여기를 졸업하고 여행을 떠나야만 할 때, 너는 어쩔 거야?”

“그, 그건…….”

이 세계는 나크가 생각하는 것보다도 혹독하다.

링글 왕국처럼 자상한 임금님이 통치하는 평화로운 나라를 보고 있으면 깜빡 잊을 뻔하지만, 다른 나라에서는 노예 매매가 이루어지고 있고, 나라와 나라를 이동하려면 도적이나 마물에도 세심한 주의를 기울여야만 했다.

그런 가운데, 그가 치유마법만 가지고서 자립하기는 어려울 것이다.

"……아무것도, 생각해 둔 게 없어요."

그도 그것을 알고 있는지 표정을 일그러뜨리고서 고개를 숙였다.

나는 그런 그를 보고 천천히 일어나면서 말했다.

"링글 왕국의 구명단으로 오도록 해."

"……예?"

"구명단에 관해서는 얘기했지? 너와 같은 치유마법사가 나를 포함해 네 명 있어. 단장의 부조리함과 동료 마족의 불평과 괴물들의 떠들썩함을 눈감고 넘긴다면…… 꽤 편안한 곳이야."

이틀간 그를 본 바, 어느 정도 익숙해지면 페름 정도의 훈련은 소화할 수 있을 것이다.

나크의 치유마법이 타인을 고치지 못하더라도 몸을 단련하면 그 험상궂은 놈들과 같은 검은 옷의 구명단원이 되는 길이 있다. 나크가 그놈들에게 물들 위험성이 있지만 말이지.

뭐, 어쨌든 로즈라면 거부하지 않을 것이다.

"링글 왕국에 와 보는 것도 한 방법이야. 내 친구인 치유마법사가 마침 진료소 일을 도와줄 사람이 있었으면 좋겠다고 했거든. 구명단에서 지금보다 더한 훈련을 받고 싶지 않다면 거기서 처음부터 시작해 보는 것도 좋을 거야."

올가 씨와 우루루 씨 곁에서라면 그도 잘 해 나갈 수 있을 것이다.

어쩌면 나크의 치유마법도 원래대로 돌아올지 모른다.

"자, 잠깐만요! 저, 저랑 미나의 싸움은 어쩌고요?! 이대로 제가 싸우지 않으면 우사토 씨가……."

"굳이 응보를 받을 필요는 없고, 적당히 위협해서 입을 막으면 되겠지."

"네에에에에?!"

여차하면 약속을 깰 생각도 하고 있었다. 뭐, 어디까지나 그건 최종 수단이지만. 솔직히 귀족이라고 해도 집안의 권력이 없으면 평범한 소녀였다. 몹시, 몹~시 가슴 아프지만 마음을 독하게 먹는 것도 마다하지 않겠어.

아니, 기꺼이 그러겠어.

겸사겸사 이누카미 선배도 부르자.

"네가 돌아갈 곳은 내가 준비해 줄게. 그러니까 신경 쓰지 마. 마법을 패션처럼 생각하는 녀석들한테 무시당하는 건 바보 같잖아? 너는 너의 특색을 살릴 수 있는 곳에서 행복해져야 해."

"……!"

"나는 지금 중요한 여행 중이라 너를 직접 링글 왕국에 데려다주진 못해. 그러니 대신 편지를 써 줄게. 아직 글자를 쓰는 게 익숙하지 않아서 조금 시간이 걸릴지도 모르지만."

숨을 한 번 들이쉬고 나크를 보았다.

멋대로 일을 진행해 버렸는데 괜찮을지 새삼 무서워졌다.

올가 씨와 우루루 씨는 괜찮을 것이다.

하지만 로즈는…….

「네놈이 언제부터 멋대로 단원을 늘릴 수 있는 신분이 된 거지?」라고 화내면서 두들겨 팰 가능성이 컸다.

어라? 혹시 나 무사히 돌아가도 지독한 꼴을 당하는 거 아니야?

……그, 그건 생각하지 말기로 하자.

"여기까지 말해 놓고 물어보는 것도 뭐하지만, 어떻게 할래?"

"……정말로, 그래도 되나요?"

"선택하는 건 너야. 나는 어디까지나 길을 제시할 뿐이야."

이 세계에 온 내게 로즈가 그랬듯, 이번에는 내가 길을 제시하자.

나를 올려다보는 나크에게 손을 내밀었다. 그 손을 보고 눈물을 글썽거린 그는 눈가를 소매로 닦고서 조심조심 내 손을 잡으려다가 직전에 멈췄다.

"역시 저, 미나와 싸우겠어요."

"무리하지 않아도 돼."

내 말에 천천히 고개를 가로저은 그는 빨갛게 부은 눈으로 이쪽을 보았다.

조금 전까지 생기 없고 음울했던 그 눈은 희미한 빛을 밝힌 믿음직한 눈으로 바뀌어 있었다.

"지금의 저는 우사토 씨가 있는 곳에 갈 자격이 없어요. 미나와의 인연을 끊어 내고 제대로 면목이 선 뒤가 아니면 제가 납득할 수 없어요. 그러니, 그러기 위해……."

거기서 일단 말을 끊은 그는 내 손을 붙잡고 일어났다.

"저를 다시 한 번 훈련시켜 주세요!"

이때 처음으로 나크와 내 뜻이 일치한 기분이 들었다.

그것은 기분 탓일지도 모른다.

하지만 서로의 뜻이 딱 맞물리는 감각은 싫지 않았다.

그러니 그에게 날 겹쳐 보며 무르게 대하는 건 그만두자. 이 어설픈 태도는 나크의 도움이 되지 않고 오히려 실례가 될 것이다.

"좋아. 하지만 이번에는 자상하게 대하지 않을 거야. 그만두고 싶다고 해도 멈추지 않을 거야. 기절하면 때려서 깨울 거고, 다리가 움직이지 않게 돼도 고칠 거야. 마력이 고갈되지 않는 한 네가 계속 움직이게 할 거야."

"엇……. 하, 하겠어요! 더는 약한 소리도 푸념도 하지 않겠어요!"

……방금 그 공백은 뭐야?

일치하려던 뜻이 한순간 멀어지려던 것 같았는데…….

뭐, 그건 신경 쓰지 말자.

"그럼 이런 어두운 곳에서 빨리 나가자. 학원으로 돌아가면 훈련을 시작하겠어."

"네!"

어두운 골목에서 블루링과 아마코가 있는 거리로 향했다.

나크를 단련시킬 수 있는 날은 오늘을 포함해 앞으로 사흘.

시간을 조금 낭비했지만 그건 그다지 문제가 되지 않았다. 나크가 의욕에 차 있고, 무엇보다 나도 그를 배려하지 않고 훈련시킬 수 있게 됐다.

사실 로즈 같은 수단을 쓰는 것은 내키지 않았지만, 그의 뜻을 들으니 그 생각은 싹 사라졌다.

하지만 내가 로즈 같은 훈련을 시킬 수 있을까?

아니, 하는 거다.

나크는 나를 신뢰해 주었다. 그 신뢰에 부응하는 것은 내 사명이다.

쓸데없는 선의도, 자비도, 동정도 버리자.

그를 위해 마음을 독하게 먹자.

악독하다고 욕먹어도 상관없다.

내가 가진 기술을 머리가 아니라 몸에 전부 주입하는 거다.

남은 사흘, 나는— 귀축 초(超) 사디스트가 되겠어.

"읏! 하, 한기가……."

"응?"

옆에서 나란히 걷던 나크의 안색이 갑자기 파래졌는데, 왜 그러는 거지?

제5화 진가 발휘! 지옥훈련!

"누나, 우사토가 또 뭔가 저지르고 있는 모양이야."

오늘의 수업이 모두 끝났을 때, 쿄우가 그런 말을 했다.

그 터무니없는 치유마법사…… 대체 이번에는 무슨 짓을 한 거야?

"아침에도 나크가 없다면서 난리이긴 했는데…… 그거랑 관계있는 거야?"

"몰라. 하지만 듣자 하니 꽤 열받았대."

"열받았다고……? 우사토가?"

무서운 얼굴은 하지만, 화내는 얼굴은 어째선지 상상이 안 갔다.

뭐, 훈련장을 빌려 훈련하고 있을 테니 겸사겸사 모습을 보러 가 볼까? 블루 그리즐리를 업고 달리는 우사토를 한 번 봤으니 이제 놀라지는 않을 테고.

짐을 정리하고 쿄우와 함께 우사토가 있을 훈련장으로 이동했다.

그다지 멀지 않아 이렇다 할 대화도 없이 나아가며 주변을 살피니, 지나가는 학생들이 다들 복잡한 표정을 짓고 있었다.

"……?"

잠시 후 훈련장 입구에 도착했다. 입구 부근에는 상당한 수의 학생들이 있었고, 다들 훈련장 중앙을 보고 있었다.

아무튼 우사토를 찾자 싶어서 주위를 둘러보니, 낯익은 외투의 후드를 쓰고 입구 근처의 나무 그늘에 앉은 아마코를 발견했다.
다가가서 인사하려다가 그녀의 얼굴을 보고 말문이 막혔다.
해탈하여 먼 곳을 보는 듯한 눈…….
평소와 다른 모습에 무심코 고개를 갸웃하고 있자 큐우가 어깨를 툭툭 두드렸다.
"누, 누나……."
"응? 왜 그래?"
"저거……."
어째선지 얼굴이 창백해진 큐우가 떨리는 손으로 훈련장 쪽을 가리켰다.
"……어?"
그저께와 똑같은 반응— 하지만 이번에는 그 위력이 달랐다.
우사토가, 그 우사토가, 쓰러진 나크의 등을 밟으며 무시무시한 미소를 짓고 있었으니까.
"……지금 그게 진지하게 달린 거야? 그따위로 달려 놓고 어엿한 치유마법사가 될 생각이야? 아직 더 달릴 수 있지? 얼른 일어나, 이 굼벵아. 네가 엎어져 있는 사이에 얼마나 많은 시간이 날아갔는지 알아?"
"예, 예에……, 넵!"
치유마법의 빛이 얇게 휘감긴 발을 나크의 등에서 뗀 우사토는 발끝으로 나크를 툭 쳤다.
흡족하게 웃으며 매도하는 우사토는 어제까지의 그와 다른 사람으로 여겨질 정도였다.

신음과 함께 일어난 나크는 우사토의 재촉에 울며 달리기 시작했다.

우사토는 그런 그를 뒤에서 찌를 듯이 노려보았다.

그 모습은 필설로 다 설명하기 어려웠다. 으드득 이를 갈며 짜증스럽게 지면을 발로 차고, 입술 사이로 야수처럼 이를 드러내고, 매처럼 눈을 부리부리하게 번뜩이고 있었다.

"어, 어어어? 자, 잠깐, 저거 누구야?!"

"누나, 믿을 수 없지만…… 저거, 우사토야."

저게? 오거가 학원에 숨어든 거 아니야?

모습이 완전 딴판이잖아! 아니, 겉모습은 똑같지만 알맹이가 바뀌었잖아! 이틀 전보다도 깜짝 놀랐어! 아침부터 지금까지 대체 무슨 일이 있었던 거야?! 아침에 봤을 때는 평범했는데?!

눈앞의 인물이 정말로 우사토인지 믿지 못하고 혼란스러워하고 있는데, 표정이 더욱 무서워진 우사토가 직립한 상태로 그 자리에서 빠르게 도약했다.

순간적으로 눈으로 좇으니 그는 달리는 나크의 배후로 이동해 발바닥으로 등을 밀듯 가볍게 차서 날렸…… 엑?! 차서 날렸어?!

"으악?!"

"하하하, 그럼 안 되지, 나크. 제대로 마력을 다듬어야지."

쓰러진 나크를 내려다본 우사토는 나크의 머리를 콱 움켜잡아 억지로 자신을 돌아보게 했다.

"마력을 의식하라고 했을 텐데? 근데 뭐야, 툭 친 것 정도로 풀리는 집중력이라니…… 진지하게 하고 있는 거 맞아? 진지하게 하고 있다면 조금은 네 진심을 보여 줬으면 좋겠구나, 나크."

"하, 하지만, 이, 익숙하지 않아서……."

"음~? 벌써 이틀이 지났어. 그게 이유가 된다고 생각해? 너는 나와 달리 마법을 배운 상태에서 시작했으니 좀 더 빨리 습득할 수 있을 거 아니야. 어제의 나라면 용서했겠지만 오늘은 아니야. 내가 바라는 건 『할 수 없다』는 말이 아니라고."

어조는 평소처럼 온후하지만 그 음색은 몸이 떨릴 만큼 싸늘했다.

보고 있는 나도 등골이 얼어붙을 듯한 지독히 차가운 위압감을 내뿜고 있었다.

나크가 몸을 덜덜 떨며 눈을 피하자, 가면 같은 미소를 지은 우사토는 머리를 잡아 억지로 시선을 맞췄다.

"네가 그랬잖아. 그 시건방진 계집을 날려 버려서 지금까지 진 빚을 전부 갚고 싶다고."

"그, 그렇게까지는……."

"뭐?"

"마, 말했습니다! 미나를 아주 날려 버리고 싶습니다! 두들겨 패주고 싶습니다!"

높아진 목소리로 나크가 그렇게 대답했다.

대화 내용이 너무 뒤숭숭해서 전율했다.

만약 미나가 이 광경을 보고 있다면 아무래도 동정하지 않을 수 없었다.

실제로 훈련 목적으로 여기 모인 학생들도 다들 말문이 막혀 우사토와 나크를 보고 있었다.

"그래그래. 하지만 너는 정말로 진지하게 하고 있는 거야? 내가 봐도 넌 힘내고 있어. 하지만 내 훈련에 힘내는 건 그다지 필요 없어."

우사토의 말에 나크는 영문을 모르겠다는 표정을 지었다.

나도 그가 무슨 말을 하고 싶은 것인지 이해할 수 없었다. 힘내는 건 필요 없다니 무슨 뜻이지?

"힘낸다는 말은 나도 싫어하지 않아. 하지만 그런 게 아니란 말이지. 힘낸다고 극복 가능한 훈련으로는 안 돼. 그런 건 내 훈련에서 방해돼. 힘들고 괴롭기만 한 훈련 중에 뭘 힘내는데? 그저 넌더리가 날 뿐이잖아? 자신을 지탱하기 위한 추상적인 말에 기대는 것만큼 쓸데없는 일은 없어. 그러니 훈련을 마쳤다는 성취감도, 충실감도, 위로의 말도, 아무것도 필요 없어. 필요한 건 그저 훈련의 은혜로 얻게 되는 성과뿐이야."

우사토는 빠른 어조로 그렇게 단언했다.

그렇군, 즉, 아무 생각도 하지 말고 그저 훈련에 힘쓰는 인형이 되라는 말인가…….

꽤…… 아니, 굉장히 효율적이고 무서운 사고방식이었다.

하지만 그런 훈련을 계속하다 보면 나크는 확실하게 도망치고 말 것이다. 적어도 나라면 도망친다. 여기 있는 모든 학생들도 그렇게 생각할 것이 틀림없다.

"힘내는 게 아니야. 그런 생각도 들지 않을 만큼 모든 걸 동원하는 거야. 전력을 다하지 않다니 훈련을 우습게 보는 거야? 하고 있는 건 간단하잖아? 집중력을 잃지 않고 달리기만 하면 돼. 익숙해질 게 뭐 있어. 내가 뭐 오른쪽을 보면서 왼쪽을 보라는 터무니없는 요구를 하는 것도 아니잖아? 익숙하지 않아서 무리라는 재미없는 변명을 생각할 여유가 있으면 뛰어."

"끄, 으으……."

"나는 널 강하게 만들 거야. 그러면서 네가 다치더라도 가능한 한 고쳐 줄 생각이야. 하지만 네가 그런 어중간한 마음으로 임하겠다면― 난 네게 엄격히 대하지 않겠어. 어중간한 네게 힘을 빌려주고 있는 나 자신이 바보 같으니까."

"아니야……! 어중간한 마음이, 아니야!"

"그럼 전력으로 할 수 있는 일을 해. 할 수 없어도 해. 너 혼자서 무리라면― 내가 같이 어떻게든 해 주겠어."

잡았던 머리를 놓고 굽혔던 허리를 펴고서 나크를 내려다보는 우사토의 표정은 내게 보이지 않았지만, 그를 올려다보는 나크의 표정을 보건대 상당한 형상일 것이 틀림없다.

"자, 일어나. 여기서 일어나지 않으면 넌 진정한 의미에서 팔푼이가 되는 거야."

나크, 꺾여도 좋다고 생각해.

우사토가 제시한 방법은 자신을 돌보지 않는 지극히 위험한 훈련이다.

치유마법 덕분에 몸은 괜찮더라도 정신이 버틸 수 있을 리가 없다.
오히려 그것을 극복했을 터인 우사토가 이상한 거였다.
하지만 나크는 눈에 차오른 눈물을 거칠게 닦으며 이렇게 외쳤다.
"해 주겠어요. 하면 되잖아요……!"
나크는 이를 악물더니 비틀거리면서도 달리기 시작했다.
위태롭게 달리고는 있지만 미약하나마 초록색 오라가 몸에 휘감겨 있었다.
훈련에 임하는 자세가 어제와는 확연하게 달랐다…….
"큭…… 크아아아아아아아아아아아아!"
필사적.
이것만큼 지금의 그를 나타내기 적절한 말은 없을 것이다.
"훗, 좋아. 계속 그렇게 하면 돼……."
그런 그의 등을 노려보던 우사토는 안도의 숨을 내쉬더니 평소의 다정한 얼굴로 돌아와 안심했다는 듯 미소를 지었다.
감동적인 장면인 것 같지만, 보고 있는 우리 입장에서는 영문도 모른 채 상황이 해결된 것과 같았다.
"우사토 군도 진심이구나. 마치 로즈 씨 같아……."
"하지만 아무리 성격이 바뀐 것처럼 보여도 우사토는 우사토예요."
충격에서 헤어나지 못하고 멍하니 있던 나는 근처에서 대화 중인 남녀를 알아차렸다.
"너희는……."
"응~? 안녕, 키리하. 너희도 우사토 군을 보러 왔어?"

그들은 우사토와 함께 루크비스에 온 두 용사— 스즈네와 카즈키였다.

그저께 우리 집에 왔었던 스즈네는 스스럼없이 인사해 왔다.

수인을 거북하게 여기지 않는 것은 좋지만, 반대로 너무 흥미를 가지고 있는 건 왠지 조금 무섭단 말이지.

“어어, 우사토의, 치, 친구인 류센 카즈키야. 선배에게 너희 얘기는 들었어.”

어째선지 쑥스러워하며 자기소개를 하는 카즈키에게 의문을 느끼며 나도 자기소개를 했다.

이 남자도 우사토나 스즈네와 마찬가지로 수인에 대한 악감정이 조금도 없는 것 같았다.

링글 왕국의 인간들은 모두 괴짜들뿐인가, 하고 조금 실례되는 생각이 들었다.

“우사토의 모습을 보러 온 거야?”

“맞아. 우사토 군이 뭔가 엄청나다는 얘기를 듣고 궁금해서 와 봤어.”

확실히 엄청나네.

낙오 학생인 나크를 훈련시키는 링글 왕국의 치유마법사. 그것만으로도 화제성이 있는데 저런 짓까지 하면 순식간에 소문이 퍼질 터였다.

“우사토는 링글 왕국에서 항상 저런 식이었어?”

“아니, 지금 그의 모습은 나도 처음 봤어. 카즈키 군도 그렇지?”

"네."

두 사람도 저런 우사토를 보는 건 처음인 건가?

그런데 왜 별로 놀라지 않는 거지?

조금 궁금해진 나는 슬며시 그 이유를 물어보기로 했다.

"안 놀라는 이유라……. 으음~ 그게 우사토니까, 려나?"

하지만 돌아온 것은 잘 이해할 수 없는 대답이었다.

"……어어, 카즈키, 그건 무슨 뜻이야?"

"우사토는 말이지, 돕겠다고 결심하면 반드시 그렇게 해. 아무리 괴로운 상황이더라도 자신이 할 수 있는 최대한의 일을 해. 그게 우사토가 소속된 구명단의 의의이고, 스승인 로즈 씨에게 배운 것이겠지."

마치 자기 일처럼 자랑스럽게 이야기한 카즈키는 이번에는 자신의 양손을 보았다.

"나랑 선배의 목숨도 우사토가 구해 줬어. 마왕군과 싸우면서 중상을 입고 정말로 죽을 뻔했을 때, 우사토가 달려와 줬어. 그 덕분에 우리는 여기 있어."

"카즈키 군의 말대로 나는 우사토의 도움을 받았어. 아니, 항상 도움받기만 해. 첫 실전 훈련에서는 바보 같은 실수를 해서 그에게 폐를 끼쳤고, 지금 생각하면 꽤 귀찮은 상담도 했고……. 어라? 나 우사토 군에게 미움받고 있진 않겠지? 굉장히 불안해졌는데……."

스즈네가 어깨를 축 떨구며 침울해했다.

"하하하, 우사토는 신경 쓰지 않을 테니 괜찮아요."

그런 그녀에게 쓰게 웃으며 위로의 말을 건넨 카즈키는 앞을 지나간 나크에게 시선을 옮겼다.

“나크는 우사토에게 도움을 구했어. 그렇다면 우사토가 진심이 되지 않을 리 없지. 진심이기에 엄격하게 대하고 소리도 지르는 거야. 그게 아니라면 종일 그의 훈련을 봐줄 리가 없으니까.”

“진심, 인가…….”

그의 이야기를 들으니 조금 전 우사토와 나크의 모습이 다르게 보였다.

약한 소리는 내뱉지만 결코 꺾이지 않는 나크.

자비를 버리고 그를 성장시키기 위해 분투하는 우사토.

정말이지 알기 힘든 이야기이지만 조금 알 것 같았다.

“우사토는, 진심이구나. 진심으로 나크가 이기게 만들려는 거야…….”

보통은 치유마법사를 닷새 만에 미나에게 이길 만큼 강하게 만든다고 해도 아무도 믿지 않을 것이다. 대다수의 사람들이 미나의 승리를 예상하리라.

그만큼 승패가 뻔한 상황인데도 저 두 사람은 승리를 믿고 단련을 이어가고 있었다.

“너희는 나크의 훈련을 도울 거야?”

뒤에서 조용히 있던 쿄우가 불쑥 그런 질문을 했다.

그의 질문에 카즈키와 스즈네는 잠시 고민하는 모습을 보였다.

“으음~ 우리는 도움이 안 되지 않을까? 부끄러운 얘기지만 육체면으로는 우사토 군이 압도적으로 강하고, 무엇보다 필요 이상으로 몰아붙이는 건 나크 군에게도 좋지 않아."

"하지만 도와주고 싶네요."

두 사람은 고민스럽게 말을 주고받았다.

좋은 친구 관계라고 생각했다.

부러움과 동시에 샘이 났다.

그런 비루한 마음을 품고 마는 자신을 격하게 혐오한 나는 눈앞의 광경에서 눈을 돌릴 수밖에 없었다.

***

결국 우사토와 나크가 돌아온 것은 내가 저녁을 다 차린 뒤였다.

우사토에게 업혀 돌아온 나크는 깨어나자마자 음식을 입에 넣었다.

"와구, 우오…… 맛있어……. 와구……나, 살아 있어……."

"나, 나크, 울면서 먹을 것까진 없잖아……."

눈물과 콧물을 흘리며 정신없이 수프를 퍼먹는 그를 보고 좋아해야 할지 주의를 줘야 할지 복잡한 기분을 느끼고 있으니, 그의 맞은편에 앉은 우사토가 웃으며 말했다.

"하하하, 나크도 참, 유난스럽게~."

"아니아니, 네 탓이잖아?! 그보다 너, 훈련 때랑 전혀 성격이 다르잖아."

"그건 우리 스승님을 이미지해서 연기한 거니까. 일부러 그러는 게 티 났지?"

"절대 그냥 연기일 리가 없어! 아주 신난 모습이었다고!"

"그, 그게 무슨 소리야?! 나를 그런 사디스트와 똑같이 취급하지 마! 아마코, 쿄우한테 한마디 해 줘! 넌 단장님과 만난 적 있잖아!"

"오늘 우사토는 어떻게 봐도 아주 신난 모습이었어."

"하하! 거봐! 아마코한테도 그렇게 보였다잖아!"

"큭, 설마 아마코가 배신할 줄이야……."

시끌벅적 떠들썩한 식탁.

그런 소음에도 귀를 기울이지 않고 일심불란히 요리를 먹고 있는 나크에게 신경 쓰인 점을 물어보았다.

"나크는 괜찮아?"

"우물우물…… 뭐가요?"

"그렇게나 심하게 굴려졌으니까, 우사토가 무서워지진 않았나 싶어서."

그 정도 훈련을 받았는데 넌더리가 나진 않았을까?

내 말에 눈을 살짝 크게 뜬 나크는 고민스러운 표정으로 나를 보면서 입을 열었다.

"확실히 무섭지만, 그것도 제가 바란 거니까요."

"……그렇구나."

나크도 제대로 생각하고 있구나.

"그리고 훈련할 때 우사토 씨와 지금 우사토 씨는 다른 사람이라고 생각하고 있어요."

"아아, 그래……."

뭐지? 한순간 나크의 눈동자에서 빛이 사라진 것 같았는데…….

그때, 문득 무언가를 떠올렸는지 우사토가 나크에게 말을 걸었다.

"아, 맞다. 나크, 너한테 줄 게 있어."

"저한테요? 훈련과 관련된 건가요?"

"어쩌면 필요 없을지도 모르지만, 일단 받아 둬."

그렇게 말한 우사토는 주머니에서 수첩 같은 것을 꺼내더니 나크에게 내밀었다.

"……이건 뭐에 쓰는 건가요?"

"일기야. 가능하다면 오늘부터 쓰는 걸 추천하지만, 싫다면 안 써도 돼."

치유마법사의 훈련에는 일기 쓰기도 있는 건가? 조금 감탄하고 말았다.

"흐응, 자신의 성장을 기록으로 남기는 거야?"

"하하하, 그런 멋있는 게 아니야. 말하자면 엄격한 훈련을 극복하는 요령 같은 거지. 나도 단장님이 하라고 해서 계속 썼는데…… 일기 덕분에 나를 잃지 않고 훈련을 이어갈 수 있었어."

"나를 잃지 않는다니……?"

"하루하루의 훈련에서 현실도피하기 위한 거야. 뭐, 나크는 앞으로 이틀만 필요할지도 모르지만."

"……."

그건 일기가 아니야, 뭔가 다른 물건이야…….

나크는 건네받은 일기장을 곤혹스럽게 바라봤다.
그런 그를 내버려 둔 채 우사토는 그립다는 얼굴로 생각에 잠겼다.
그런 삐뚤빼뚤한 사제 관계를 구축한 두 사람을 보고 내 얼굴에는 자연스럽게 미소가 걸렸다.

저녁 식사 후, 각자 방으로 돌아가 자유롭게 시간을 보내는 가운데, 나는 빠르게 뒷정리를 끝내고서 내일 아침에 쓸 재료를 확인하고 준비했다.
요리할 줄 아는 사람이 나밖에 없는지라 이 집의 식량 사정은 전부 내가 짊어지고 있다고 해도 좋았다.
조금이라도 주의를 게을리하면 한 끼를 거른다는 무서운 사태가 벌어질지도 모르고, 식재료를 살 돈도 한정되어 있어서 자금 면도 신경 써야 했다.
뭐, 친한 아인이 경영하는 가게에서 쿄우랑 교대로 일하고 있기 때문에 그렇게까지 사활이 걸린 상황은 아니지만 말이다.
"좋아, 다 됐다."
내일 준비를 마치고 천천히 기지개를 켰다.
그럼 이제 어쩔까. 방으로 돌아가 공부해도 좋겠지만, 내일도 일찍 일어나야 하니 냉큼 씻은 다음 자 버릴까?
하품을 하며 부엌에서 테이블이 있는 거실로 향했다.
"아무도 없네……."
다들 자기 방으로 갔으니 당연한가.

그러고 보니 나크가 방으로 돌아갈 때, 그 일기장을 가지고 갔지.
모처럼 우사토에게 받았으니 착실히 쓰려는 걸까?
그런 생각을 하며 옷을 갈아입으러 방으로 향했다.
그때, 밖에서 파앙! 하고 무언가가 파열한 듯한 소리가 들려서 입구 쪽을 돌아보았다.
"밖에 누가 있나……?"
도둑인가?
하지만 이런 곳에 훔칠 만한 것 따위 거의 없었다.
벽에 걸어 둔 건틀릿을 오른팔에만 장비한 후 천천히 문을 열고 밖을 보았다.
달빛만이 비추는 공간에 한 사람이 있는 게 보였다.
"……?"
수상한 인영을 보고 오른팔을 척 들었다.
그러나 어둠에 점차 눈이 익어 그 정체를 알게 되자 나도 모르게 힘이 빠지고 말았다.
"……뭐야, 우사토인가."
"응? 어라? 키리하잖아. 무슨 일이야?"
"그건 내가 할 말이야……."
정말이지, 쓸데없는 걱정시키지 말라고.
"밖에서 무슨 소리가 나면 당연히 신경 쓰이지 않겠어? 뭐 하고 있었어?"
"살짝 마법을 연습하고 있었어."

"이렇게 늦은 시간에?"

어제까지의 우사토라면 벌써 자고 있을 시간일 텐데…….

"내일 훈련에 쓸까 싶어서 지금 가볍게 연습해 두려고."

"치유마법을? 여태껏 잘 썼잖아."

나크를 달리게 할 때라든가, 그가 기절했을 때라든가.

내 말에 어째선지 자신만만하게 웃은 그는 천천히 오른손을 들어 마력을 다듬기 시작했다.

손에서 흘러나온 초록색 마력이 구체 형태를 만들어 그의 손에 자리 잡았다.

우사토가 하르파와 싸웠을 때 썼던 몸에 휘감는 방식이 아니라, 나나 쿄우의 바람 계통 마법과 비슷하게 상대에게 쏘는 형태였다.

우사토는 치유마법을 마력탄으로 쏘는 연습을 하고 있었던 건가?

호오 하고 납득하고 있으니 우사토는 손안에 있는 마력탄을 느릿하게 움켜쥐고서 높이 치켜들고—.

"흡!"

전방으로 냅다 던졌다.

"엑?!"

무슨 방식으로 마력탄을 던지는 거야?!

터무니없는 방법으로 던져진 마력탄은 그의 정면에 있는 나무 상자에 기세 좋게 격돌했고, 조금 전에 들었던 파열음을 울리며 그대로 흩어져 버렸다.

멍해진 나를 보고 우사토는 어째선지 자랑스러운 표정을 지었다.

듣자 하니 우사토는 마력을 쏘는 재능이 전무한 모양이라 힘으로 어떻게든 밀어붙인 결과, 이렇게 됐다는 것 같았다.

마법은 힘으로 어떻게든 할 수 있는 게 아닌데 말이지…….

"마침 잘됐다. 키리하, 거기 잠깐 서 있어 줘. 효과가 있는지 시험해 볼 테니까."

"시, 싫어! 명백하게 물리적인 위력이 담겨 있잖아!"

"치유마법이니까 괜찮아."

"치유마법이라도 그런 강속구를 받아낼 수 있을 리가 없잖아! 어떻게 던지면 그런 식으로 날아가는 거야?!"

"뭐…… 완력이지."

역시 이 남자는 괴물 아닐까…….

"하아, 네가 온 뒤로 놀라는 일투성이야……."

"놀라는 일투성이라니……. 확실히 놀랄 만한 일을 잔뜩 했군요, 네."

처음 거리에서 만났을 때는 그렇다 쳐도, 아마코를 데리고 여기까지 왔을 때도, 하르파와 싸웠을 때도, 나크와 훈련할 때도, 예상도 못한 행동을 우사토는 해 왔다.

무슨 짓을 할지 알 수 없다, 라…….

"인간은 전부 차가운 녀석들뿐이라고 생각했었어."

인간과는 다른 귀와 꼬리가 있다는 이유만으로 우리는 늘 기이한 시선을 받았다.

"나는 평범하게 대하려 하고 있는데……."

"평범하게 대할 수 있으니까 이상한 거야. 인간 대부분에게 수인은 사람이 아닌 모양이니까."

"……그런 생각은 안 들어."

"이 도시…… 아니, 이 세계의 상식이 그래. 왜 우사토는 우리와 이렇게 이야기할 수 있는지 신기해."

내 말에 난처한 표정을 짓는 그를 보고 아차 싶었다.

그는 아무 잘못도 없었다.

허둥지둥 얼버무리듯 사과하려고 했을 때, 내가 입을 열기 전에 우사토가 그립다는 얼굴로 말했다.

"이 세계의 상식인가……. 나는 이 세계 사람이 아니라 그런 건 몰라."

"뭐?!"

너무나도 비현실적인 말이라 깜짝 놀라서 외치고 말았다.

이 세계 사람이 아니라니, 설마 스즈네랑 카즈키도?

"용사 소환이라고, 링글 왕국이 두 용사를 불러오는 데 휘말려서 이 세계에 와 버린 게 나야."

"용사 소환으로?! 그럼 스즈네랑 카즈키는 이야기에 나오는 진짜 용사였던 거야?!"

"어? 맞아. 그거 말고 다른 뜻이 있었어?"

다른 뜻이 있냐니……. 전쟁에서 무훈을 올린 자나 국왕이 직접 선출한 자를 용사로 숭상하는 것이 인간들의 관습일 터였다.

적어도 우리 학생들은 그렇게 생각하고 있었다.

지금도 극히 소수지만 용사라는『칭호』를 지닌 사람들은 있다.
하지만 그것은 어디까지나 칭호일 뿐이었다.
그러나 우사토가 말하는 용사— 스즈네와 카즈키는 수백 년 전에 다른 세계에서 소환되어 단신으로 마족의 군세를 무찌르고 마왕을 봉인했다고 전해지는 용사와 같았다. 게다가 우사토도 용사와 같은 세계 출신— 그렇다면 그의 심상치 않은 힘도 납득이 갔다.
우사토에게 그렇게 설명하자 이해한 모양이었다.
"그렇구나. 용사라는 건 다른 뜻도 있었나……."
"그 말을 들으니 너희의 강함도 납득이 가."
"하하하, 나는 달라. 평범한 사람보다 마력이 조금 더 많을 뿐이고, 지금의 내가 있는 건 훈련의 성과야."
"그건 그것대로 문제라고 생각해."
특별한 재능이 없는데 용사 못지않은 실력을 가지고 있다니, 무시무시하다고.
곰곰이 생각해 보면 공격 수단이 물리 공격뿐인 우사토를 강력한 계통 마법을 지닌 용사와 비교하는 것 자체가 이상하지만.
"다른 세계에서 온 나는 이 세계에서 차별받는 기준을 몰라. 그보다 원래 있던 세계에는 마물도, 아인도 없거든."
"그럼 더더욱 내가 무섭지 않아?"
아인도 마물도 없는 세계라니 놀랍지만, 그렇다면 오히려 처음 보는 아인인 나나 아마코가 기분 나쁘지 않을까.
"무서울 리가!"

하지만 우사토는 내 말을 일축했다.

"우리는 귀도 평범하지 않고, 인간한테는 없는 꼬리도 있어. 게다가 눈과 코도 인간보다 몇 배는 더 뛰어나고…… 완력에 이르러서는 커다란 바위에 금이 가게 만들 수 있을 만큼 강해."

"나도 그 정도는 가루로 만들 수 있어."

어? 가루로 만들 수 있다는 말은 안 했는데…….

아니지, 밀리면 안 돼.

"어떻게 봐도 인간이라기보다 마물 같잖아! 실제로 사람 말을 할 줄 아는 마물도 있어! 아무리 사람처럼 생겼어도 우리는 결정적으로 인간과는 다르다고……!"

무심코 감정적으로 언성을 높이고 말았다.

"그럼 평범한 인간과는 다른 마법을 쓰는 나도 마물 같은 존재가 아닐까?"

"너는 오거 같은 괴물……스럽기는 해도 인간이잖아."

"방금 괴물스럽다고 고쳐 말한 게 매우 신경 쓰이지만, 뭐, 그건 제쳐 놓고……."

눈썹을 움찔하면서도 우사토는 팔짱을 끼고 이쪽으로 몸을 돌렸다.

"나한테 넌 귀랑 꼬리가 있는 코스프레한 여자야."

"뭐? 코스프레?"

"……이누카미 선배의 나쁜 점이 살짝 옮았네. 방금 그 말은 잊어 줘."

"응? ……뭐, 괜찮지만."

얼굴을 약간 붉힌 우사토는 마음을 다잡듯 크흠 하고 헛기침했다.

"키리하, 네가 뭔가 고민을 안고 있다는 건 알았어. 하지만 나한테는 인간도 수인도 마족도 다르지 않아. 애초에 이 세계 사람과는 인식이 어긋나 있고, 맞출 필요도 없다고 생각하고 있어. 수인이 무섭지 않냐고 이누카미 선배에게 질문한다면 이렇게 대답하겠지. 『무섭냐고? 어리석은 질문이야! 오히려 흥분돼!』라고."

"……후, 후후…… 그게 뭐야. 스즈네를 흉내 낸 거야?"

"본인한테는 절대 말하지 마. 그 사람, 이런 거 부끄러워하니까."

우사토가 살짝 목소리를 높여 미묘하게 닮은 스즈네 성대모사를 선보이자 나도 모르게 웃음이 흘러나왔다.

조금 전까지 의심에 사로잡혀 있었을 텐데…….

"그렇구나……."

내가 며칠간 끙끙댔던 고민은 단순한 문제였을지도 모른다.

지금은 거의 잊어버리게 된 인간에 대한 희망을 떠올리는 것이 무서웠을 뿐이다.

인간의 잔혹한 부분을 잔뜩 보았기에 배신당하고 싶지 않았고, 믿었던 인간에게 버려지고 싶지 않았다. 나는 인간을 믿지 않고 마음을 허락하지 않도록 노력했지만, 가슴 깊숙한 곳에서는 『언젠가』, 『어쩌면』 하는 상반된 감정을 줄곧 품고 있었던 것이다.

"나는 너무 생각이 많았던 거구나……."

내 앞에 나타난 우사토는 매몰되어 있던 감정을 다시 깨워 주었다.

솔직해지지 못하고 줄곧 의구심에 사로잡혀 있었지만, 마침내 내 감정과 우사토라는 인간을 이해하게 되었다.

“역시 넌 별난 인간이야. 마법도 평범하지 않고, 우리를 대하는 태도도 평범하지 않아. 그리고 훈련할 때는 별난 걸 넘어 비정상적이야.”

“와, 너무해…….”

“이래 봬도 칭찬하고 있는 거야. 덕분에 아마코도 널 찾을 수 있었고, 나크도 지금 이렇게 미나에게 맞설 수 있게 됐어. 그리고…… 나도 이렇게 너랑 얘기할 수 있으니까.”

“칭찬이라는 느낌이 안 들지만…… 뭐, 상관없나?”

너무 늦게 깨달았다. 하지만 아직 늦지 않았다.

몇 년이나 애타게 기다렸던 일이다.

내가 이곳에 왔을 때 순수하게 바랐던 것…….

『인간 친구가 있었으면 좋겠어.』

우선은…… 눈앞에 있는 이 별난 인간과 친구가 될 수 있도록 힘내 보자.

제6화 사투! 나크 VS 미나!

훈련 일기

3일째

우사토 씨의 말을 듣고 일기를 써 보기로 했다.

오늘은 내가 다시 태어난 날이다.

이렇게 쓰면 멋있어 보일지도 모르지만, 실제로는 미나에게 겁먹고 도망쳤다가 우사토 씨의 도움으로 간신히 시작점에 선 것이나 마찬가지다.

하지만 마침내 새로운 내가 시작되었다.

우사토 씨가 권유해 준 구명단, 그곳은 정말로 내가 가도 될 장소인지 매우 고민된다.

나 같은 녀석이 들어가면 폐가 되지 않을까. 그런 상상만 들게 된다.

듣자 하니 우사토 씨의 스승님은 무서운 사람이라고 한다.

우사토 씨가 파랗게 질린 얼굴로 말하는 사람이다. 분명 정말로 무서운 사람이겠지.

훈련에 관해 써 보겠다.

훈련은 미나의 괴롭힘보다도 힘들었다.

어제까지의 훈련은 우사토 씨가 정말 많이 봐준 것이었음을 확실하게 이해할 수 있었다. 본인은 연기라고 시치미 떼고 있지만, 그 모습도 틀림없이 우사토 씨의 일면일 것이다. 그렇게나 고함치고, 내가 안 보고 있을 때도 으드득하고 무시무시하게 이를 갈며 불편한 심기를 드러내는 그것이 연기라고는 도저히 생각할 수 없다. 실수할 때마다 굴려지고, 욕을 듣고, 밟힌 뒤 치유마법— 이 흐름은 연기인지 아닌지를 따질 문제가 아니다.

훈련할 때는 괴물, 그 외의 시간에는 인간. 내 속에서 우사토 씨는 그런 위치가 되었다.

이렇게 쓰는 것만으로도 손이 떨린다.

몸에 문제는 없다. 치유마법이 완벽하게 듣고 있는 상태라 오히려 매우 좋다.

이 떨림은 공포 때문이겠지. 우사토 씨의 양면성이 나를 더할 나위 없이 불안하게 만든다.

웃으며 내일 훈련 일정을 잡고 있을 거라고 생각하니 손의 떨림이 멈추지 않고, 온후한 상태인 우사토 씨에게 실수라도 하면 내일 훈련이 얼마나 고달파질까 생각하니 이번에는 발의 떨림이 멈추지 않는다.

안 되겠다, 이제 글자를 쓸 기력이 없다.

훈련 3일째의 일기, 여기서 끝냅니다.

4일째

미련 해 서 죄송합 니다.

일기를 한 손에 든 채 복도에서 기절해 버렸다.

쿄우 씨의 당황한 목소리에 눈이 떠졌다.

마음을 다잡고 이어서 쓰자.

오늘 훈련은 일단 욕을 들으며 시작됐다.

우사토 씨가 말하길 나는 내구력이 터무니없이 낮다고 한다.

일반인 정도는 되는 것 같지만, 우사토 씨가 목표하는 치유마법사상과 비교하자면 내 몸은 종이나 마찬가지라서 구명단 단장님에게 맞으면 그대로 온몸의 뼈가 산산이 조각날 것이라고 했다.

그래서 오늘은 마력을 다듬는 훈련과 함께 내구력을 보완하는 훈련을 했다.

마침내 달리면서 제대로 마력을 느낄 수 있게 되어 뿌듯했다.

이제 치유마법을 안정적으로 쓸 수 있을 줄 알았다.

아니었다.

전혀 아니었다.

어제, 새로운 내가 시작되었다고 적은 것 같은데 정정한다.

시작조차 못한 것이었다.

훈련은 더욱 가혹하게.

매도는 더욱 격렬하게.

훈련 전에 낙관적으로 보고 있었던 나는 죽을 뻔했다.

새로운 훈련은 마력탄을 그저 계속 피하는 것이었다.

내구력이 낮다면 공격을 맞지 않으면 된다는 역발상에서 나온 훈련. 하지만…….

그 사람의 치유마법은 사용법이 너무 잘못됐다.

어째서 마력탄을 냅다 던지는 걸까, 그 사람.

아니, 어떻게 마력탄을 던질 수 있는 거야, 그 사람.

분명 종족을 잘못 태어난 거야, 그 사람.

미나의 마법보다도 빠르게 날리는데요, 그 사람.

뭐와 싸우는 걸 상정하고 있는 건가요, 그 사람.

마력탄을 맞으면 몸이 날아가고, 게다가 「맞지 마!」라고 호통을 쳐대고, 정말 무진장 무서웠다.

치유마법 마력탄이라 아프지는 않지만, 얻어맞은 듯한 충격이 느껴지는 것이 정말로 위험했다.

나도 치유마법사니까 어쩌면 비슷한 일을 할 수 있을지도 모른다.

살짝 시도해 보겠다.

무리였다.

애초에 마력은 완력으로 날리는 게 아니고, 무게가 없는 마력탄으로 그 정도 충격을 줄 수 있는 시점에서 이미 그 사람만이 할 수 있는 일이라는 생각에 이르렀다.

그 사람, 정말 얼마나 힘이 센 걸까.

우사토 씨의 마력을 회복시키기 위한 휴식을 제외하면 하루 종일 마력탄을 피해 다녔다.

이 훈련은 정말로 미친 듯이 굉장했다.

아무튼 지치지 않았다.

치유마법이 담긴 마력탄을 맞으면 그것에 담긴 마력만큼 회복해서 계속 움직일 수 있었다. 게다가 본의는 아니지만 마력탄 대부분이 몸에 직격해서 끊임없이 치유마법이 행사되어 어제보다 더 많이 내 마력을 느낄 수 있었다.

그만큼 우사토 씨의 마력은 빨리 소모되어, 훈련이 끝날 무렵에는 마력이 고갈되기 직전이었다고 한다.

나는 몸이 아니라 마음이 마모된 것처럼 침울한 상태다. 정신 상태는 신체에 영향을 준다고 수업에서 들은 적이 있는데, 지금의 나는 딱 그 상태다.

무엇에도 흥미가 일지 않는다. 실제로 이 일기를 쓰고 있는 지금도 어찌 되든 좋다는 기분이다.

미나와 싸우는 것보다도 내일 있을 훈련에서 어떻게 살아남을까 하는 생각밖에 들지 않게 되었다.

상당히 위험한 상태임은 틀림없다.

안 되겠어.

잘 모르겠지만 안 되겠어.

오늘은 자야겠다. 일기, 끝냅니다.

5일째

오늘은 훈련 최종일.

생각할 수 있는 것은 그저 훈련뿐이었다.

시야에 들어오는 구경꾼들도, 나를 괴롭혔던 사람들도 전부 어찌 되든 좋았다.

달리고, 날아가고, 혼나고, 날아가고, 날아가고, 달리고, 날아가고, 날아가고, 혼나고, 피하고, 날아가고, 날아가고, 달리고, 날아가고, 날아가고, 혼나고, 마주 고함치고, 날아가고, 덤벼들고, 걷어차이고, 날아가고, 달리고, 피하고……. 그것을 계속 되풀이하며 하루가 끝났다.

결국 우사토 씨가 쏜 마력탄은 손에 꼽을 수 있을 정도밖에 못 피했다.

우사토 씨는 「너무 심했나……?」라고 중얼거렸지만 내게는 이미 충분할 정도였다.

그리고 훈련이 끝났을 때, 엄청난 사람이 내게 말을 걸어 주었다.

바로 우사토 씨의 친구인 링글 왕국의 용사, 카즈키 씨와 스즈네 씨였다.

아무래도 내가 조언을 받을 수 있도록 우사토 씨가 안배해 준 모양이었다.

카즈키 씨는 싸움에 임하는 두려움과 맞서는 것의 중요함을 가르쳐 주었다.

미나를 무서워하는 건 나쁜 일이 아니고 도망쳐도 상관없다, 하지만 공포를 극복하여 맞서는 것도 중요하다고, 강한 의지가 담긴 눈길로 카즈키 씨는 말해 주었다.

스즈네 씨는 귀족이더라도 자유롭게 살아갈 수 있음을 가르쳐 주었다.

나와 비슷한 집안 출신인 듯한 그녀는 주위의 굴레에 너무 얽매이지 말고 자유롭게 사는 것이 중요하다고, 지금 이 순간이 괴로워도 희망을 잃지 않는다면 분명 길은 열린다고 말해 주었다.

두 사람은 내가 상상했던 것보다도 훨씬 대하기 편했고 자상했다.

우사토 씨와 함께 셋이서 이야기하는 모습은 정말 사이좋아 보였다.

정말로, 감사하다는 말밖에 안 나온다.

우사토 씨.

이런 저를 도와주셔서 정말 고맙습니다.

그리고 미나.

각오해.

이건 개인적인 원한도, 복수도 아니다.

미나라는 쇠사슬을 끊어 내고 앞으로 나아가기 위해.

구명단의 단원으로서 우사토 씨 옆에 나란히 서기 위해.

그리고 이건 우사토 씨에게도 말하지 않았지만, 이 승부는 부모님, 그리고 끔찍한 집과 결별하기 위한 것이라고 생각하고 있다.

마법의 좋고 나쁨 따위에 사로잡히지 않고 나만의 인생을 시작하기 위해, 나는…….

나는 이제 굴하지 않겠어.

미나를 쓰러뜨리겠어.

지금까지 쌓아 온 모든 것을 걸고서 그 녀석을 날려 버리겠다.

***

"……."

거기까지 읽고 나는 나크의 방 앞에 펼쳐진 채 떨어져 있던 일기를 덮었다.

그리고 생각했다.

치유마법 훈련은 사람을 완전히 바꾸어 버리는구나.

며칠 전까지 소심했던 소년이 지금은 날카로운 안광이 어울리는 소년으로 바뀌고 말았다.

"이거 괜찮은 건가……?"

나크는 이미 미나와 싸우러 갔다.

소심했던 그가 욕을 하며 미나에게 달려드는 모습이라니 전혀 상상이 안 됐다.

하지만 만약 그가 우사토처럼 변모했다면—.

"……분명 괜찮겠지. 무슨 일이 생기더라도 우사토가 막아 줄 테고."

현실에서 살짝 도피하며 고개를 주억거렸다.

집어 든 일기장을 그의 방에 있는 책상 위에 둔 뒤, 학원에서 기다리고 있을 쿄우 곁으로 향했다.

***

결전 당일.

조금 전에 나크와 헤어진 나와 아마코는 학생들로 북적이는 학원 입구 앞에 도착했다.

많은 사람들이 모이는 곳에 마물인 블루링을 데려올 수는 없었기에 그 녀석은 마구간을 지키게 되었다.

블루링을 데려오지 않은 이유를 아마코에게 말하니 「그런 배려도 할 줄 알았구나……」라며 솔직하게 경악하는 반응을 보였다. 참으로 유감이지만 관대한 나는 치유 딱밤으로 용서해 주었다.

아마코는 이마를 누르고 까무러쳤다.

"우사토~!"

"아, 왔다."

원망스럽다는 눈으로 노려보는 아마코를 깔끔하게 무시하고 있는데 나를 부르는 목소리가 들렸다.

목소리가 들린 쪽을 돌아보자 이누카미 선배와 카즈키가 이쪽으로 걸어오는 것이 보였다.

우리가 여기 있던 것은 선배와 카즈키를 기다리고 있었기 때문이다.

두 사람 다 나크를 걱정하고 있었고, 어차피 볼 거면 같이 보자고 내가 권유했다.

"안녕, 우사토 군. 어제 보고 또 보네. ……아마코, 왜 그래?"

"우사토가 괴롭혔—."

"안녕하세요. 아마코는 아직 잠이 덜 깼을 뿐이에요."

아마코가 귀찮은 사람한테 도움을 구하려고 했기에 저지하면서 인사했다.

카즈키도 한 손을 들며 인사해 주었다.

변함없이 웃는 얼굴이 눈부신 산뜻한 미남이야…….

"나크 군의 컨디션은 어때?"

"아주 좋아요. 훈련의 피로도 남아 있지 않은 것 같고, 정신적으로도 안정되어 있다고 생각해요."

미나를 쓰러뜨린다, 그 뜻을 확고히 다진 후 나크는 싸우러 갔다.

기합이 조금 과하게 들어간 느낌이라 걱정되지만, 피지컬 부분은 흠잡을 데 없이 완성된 상태였다.

"그러고 보니 웰시 씨는?"

"웰시 씨는 글래디스 씨한테 볼일이 있대. 아마 서신 관련이지 않을까?"

카즈키의 말에 납득하고 고개를 끄덕였다.

확실히 서신을 건네고 일주일 넘게 지났으니 슬슬 결론이 났을지도 모른다.

훈련 중에 결과가 나오면 어쩌나 조마조마했는데 아무 일 없이 오늘을 맞이해서 일단 안심했다.

"그럼 갈까요? 아직 이르지만."

닷새간 충분히 싸울 수 있도록 훈련시켰다.

내가 할 수 있는 일은 더 이상 없다. 이제 나크 자신의 힘에 달려 있었다.

"아마코, 뭐 해? 놓고 간다."

"이이……, 절대 용서 못 해…… 용서 못 해……!"

정말이지, 딱밤 정도로 엄살은~.

하는 수 없이 여전히 원망스럽다는 눈으로 바라보는 아마코를 옆구리에 끼고서 카즈키랑 선배와 함께 나란히 걸었다.

후드 쓴 소녀를 옆구리에 끼고 걷는 것은 신기한 광경으로 보일 테지만, 그런 시선은 여기서 나크를 훈련시킨 뒤로 질릴 만큼 받았기에 신경 쓰이지 않았다.

"우사토 군, 나크 군은 괜찮을까?"

얌전히 안겨 있는 아마코를 의아하게 보며 선배가 그런 질문을 했다.

"괜찮아요. 할 수 있는 일은 전부 했고."

"이야~ 네가 훈련하는 모습을 멀리서 봤는데 정말 무시무시했어. 나조차 주위 시선이 신경 쓰일 만큼."

"아하하……."

가능하다면 내가 로즈가 되어 나크를 굴리는 모습은 보이고 싶지 않았지만 말이지.

얼버무리듯 웃으며 주위를 둘러보니 그 자리에 있던 학생 전원이 시선을 휙 피했다.

그 반응은 뭐야. 내가 무슨 양아치라도 되나요?

“단기간에 나크를 성장시키려면 그렇게 할 수밖에 없었던 거지? 우사토!”

“으, 응, 그렇지. 내 나름대로 훈련시킨 거야. 달리게 하거나, 마력탄을 던지거나…….”

“말은 하기 나름이구나…….”

조용히 해, 이 아기 여우가…….

웃고 있는 카즈키에게 어색하게 마주 웃어 주며, 껴안고 있는 아마코를 보복 삼아 흔들었다.

멀미해라, 멀미해 버려라!

그러고 있으니 선배가 이쪽을 지그시 바라보았다.

“아마코랑 상당히 친해졌구나.”

“예? 뭐, 그런대로 같이 있었으니까요……. 그 눈은 뭔가요…….”

굉장히 귀찮은 예감이 드는데요.

“같이, 같이인가…….”

조금 앞서 걷던 선배는 갑자기 이쪽을 돌아보더니 무슨 생각을 했는지 양손을 깍지 끼고서 나를 슬며시 올려다보았다.

“질투 나는걸……?”

가련하다는 말이 어울리는 미소녀인 선배의 눈빛 공격이라니, 원래 세계였다면 남녀 관계없이 졸도했을 것이다.

실제로 나도 졸도할 자신이 있다. ……원래 세계에 있었을 때 선배라면 말이지.

"아, 그런가요. 그러고 보니 카즈키, 내가 나크를 훈련시키는 동안 너는 뭐 했어?"

"엇……?"

이제 와서 소녀처럼 굴어도 당신이 유감스럽다는 사실은 변하지 않아요.

올려다본 채 굳은 선배를 무시하고 카즈키와 함께 통로를 나아갔다.

"음~ 나는 전에 수업에서 선보였던 과녁에 마력탄을 맞추는 기술을 좀 더 쉽게 쓸 순 없을지 궁리하며 보냈어. 집중해서 조작해야 하는 게 난점이었으니까."

"나는 마법을 쏘는 것조차 못 했으니 말이지. 하지만 다른 시점에서 생각하면 뜻밖의 방법으로 문제가 해소될지도 몰라."

"잠깐만!"

카즈키와 즐겁게 이야기하며 걷고 있는데 뒤에서 굳어 있던 선배가 돌연 내 어깨를 덥석 붙잡았다.

뭐죠? 귀찮아.

"좀 더 보여야 할 반응이 있잖아! 너는 메마른 거야?!"

"그런 실례되는 소리를—. 타산적이 아니라면 저는 언제든 두근두근 콩닥콩닥이에요. 순식간에 사랑에 빠지겠죠."

"『아, 그런가요』로 끝내는 게 더 실례야! 나는 미소녀라고! 좀 더

풋풋하게 수줍어해 줘도 되잖아!"

"그걸 자각하고서 행동하는 게 문제임을 깨달아 주세요……."

실제로 이 사람은 누가 봐도 미소녀다.

하지만 뻔히 보이는 함정에 걸릴 만큼 나는 얼간이가 아니고, 무엇보다 분하다는 그 얼굴이 재미……라니, 아냐아냐, 그렇지 않아! 로즈를 연기하다 보니 마음마저 사디스트가 된 모양이다.

잠시 심호흡하고, 달라붙는 선배의 손을 떼어 냈다.

"예이예이, 예뻐요, 예뻐. 아주 두근거렸어요. 됐죠? 그럼 가죠."

"크으으, 너무 굴욕적이야……. 우사토 군, 어쩐지 전보다 더 사디스트가 된 것 같아……."

뺨을 새빨갛게 물들이고서 끙끙거리는 선배를 앞장서게 하고 나도 그 뒤를 따랐다.

그러자 그 모습을 보고 있던 카즈키가 밝게 웃었다.

"하하하, 역시 선배랑 우사토는 사이가 좋구나. 보고 있으면 안심이 돼."

"……그러네, 두 사람과 함께라서 나도 안심이야."

그의 말을 부정하지 않고 그렇게 대답했다.

평소에는 꼬여 있다는 말을 듣지만 이럴 때는 솔직해지고 싶었다.

—이런, 이번에는 내 얼굴이 뜨거워. 역시 나답지 않은 말을 하는 게 아니었어.

껴안고 있는 아마코에게 보이지 않도록 손으로 얼굴을 덮었다.

"우사토, 왜 그래……? 뿔이라도 나 버렸어?"

"너의 쓸데없는 한마디로 진정됐어."
이 아기 여우는 나를 무슨 괴물이라고 생각하고 있는 걸까.
인간이니까 뿔 같은 건 나지 않아.

***

훈련장에는 많은 학생들이 모여 있었다.
중앙에서는 두 학생이 이미 시합을 벌이고 있었고, 다른 학생들이 에워싸는 형태로 관전 중이었다.
"하아아아아아아!"
"이번에는 내가 이긴다아아!"
아마코를 내려 준 나는 선배와 함께 느긋하게 관전할 수 있는 곳을 찾으며 시합을 바라보았다.
"흐응, 이게 마법 실기 대회인가?"
두 사람 다 목검을 들고서 우렁찬 외침과 함께 마법을 쏘며 칼싸움을 벌이고 있었다. 그 시합을 흥미롭게 바라보던 선배는 문득 뭔가가 생각났는지 내 쪽을 돌아보았다.
"역시 마법사끼리 싸우면 이런 느낌이구나. 우사토 군이나 하르파 같은 싸움 방식과는 또 달라."
"애초에 저 같은 육체파 마법사는 별로 없을 테고, 오히려 이게 보통 아닐까요?"
하르파 씨는 마안으로 다음 행동을 예측하는 격투술.

나는 말하자면 치유마법과 신체 능력으로 밀어붙이는 싸움법.

평범한 마법사를 기준으로 보는 것 자체가 잘못됐으리라.

"마법과 무기를 합친 싸움법은 꽤 있는 것 같지만 말이지. 그래도 우사토처럼 맨손으로 싸우는 녀석은 거의 못 봤어."

"하하하, 애초에 나는 무기가 필요 없으니까."

치유마법탄이라는 새로운 기술을 습득한 지금, 검 같은 것은 필요 없어져 버렸다. 그보다 현대인으로서의 감성과, 뱀과 싸울 때 썼던 나무창의 감각을 고려할 때, 내게 날붙이는 어울리지 않았다.

학생들이 보내는 기이한 시선을 빠져나와 관전할 수 있는 장소를 찾으며 걷고 있으니 우리를 발견한 하르파 씨가 말을 걸어왔다.

"안녕하세요, 여러분. 다 같이 오셨군요."

"안녕하세요, 하르파 씨."

온화하게 웃으며 다가오는 하르파 씨에게 인사했다.

나크와 훈련하면서 몇 번 모습을 봤지만, 이야기하는 것은 훈련 첫째 날 이후로 처음이려나?

"예, 이런 행사를 좋아해서 보러 왔답니다. 사실은 저도 참가하고 싶은데, 제 상대는 반드시 기권해 버려서…… 하하하."

"그, 그런가요……."

급소만 노리는 하르파 씨가 무섭기 때문이지 않을까…….

실제로 나도 싸우면서 간담이 서늘했던 순간이 많았다.

"여기서라면 잘 보이겠어. 이상하게 여기만 사람이 없어졌고."

선배의 말대로 우리 주위에는 부자연스러우리만큼 사람이 없었다.

의문스럽게 여기는 내게 하르파 씨가 말했다.

"예. 우사토 씨가 와 주셔서 더 보기 편해졌네요."

주변 학생들이 나를 무서워하고 있는 듯한 그 말투는 뭐죠.

아니지? 하르파 씨를 무서워하는 거지? 급소 공격이라니 무섭잖아?!

그렇게 생각하고 주위를 둘러보자 또다시 학생들이 눈을 피하며 거리를 벌렸다.

"나, 납득할 수 없어……."

"후후후, 저와 동지군요, 우사토 씨."

"그런 동지는 싫어요."

뭔가 말투가 무서워요, 하르파 씨.

살짝 고개를 숙여 앞머리로 눈가를 가린 하르파 씨는 「후후후」 하고 낮게 웃더니 멀찍이서 우리를 엿보는 학생들을 향해 눈을 돌렸다.

학생들은 하나같이 얼굴이 파래져서 뒷걸음질 쳤다.

"감독 역할을 맡고 있는지라 제 주위로는 그다지 사람이 다가오지 않습니다. 그래서 항상 웃으려 하고 있는데……. 으음, 웃는 얼굴은 어렵군요."

"그건 저도 이해해요."

나도 키리하를 진정시키려고 웃었는데 오히려 겁먹게 했었지.

어째서 그렇게 반응했는지 여전히 모르겠다.

"눈이 웃고 있지 않은 웃음이어서야 상대가 겁먹어도 이상하지 않다고 생각해."

"응? 뭔가 말했어? 아마코."

작게 뭐라고 중얼거린 것이 들려서 그쪽을 보니 아마코는 고개를 팽 돌렸다.

"우사토 씨, 그 아이는……?"

하르파 씨가 의아한 목소리로 물어보았다.

그에 아마코는 그의 시선으로부터 숨듯 내 뒤로 이동했다.

"응? 아아, 이 아이는 뭐랄까, 여행 동료라고 할까요."

"저와 비슷한 마력을 가지고 있군요. 하지만 다르네요. 하얀 마력이 눈에 집중되어 있는 것처럼 보입니다. 감각을 고려하면 저보다 고도의 마시? 나크 군을 훈련시킬 때도 언뜻 봤지만, 그녀는 대체……?"

"어어, 그게……."

"아, 아뇨, 말씀하고 싶지 않다면 괜찮습니다. 마안 관련 마법이 얼마나 성가신지는 이해하고 있으니까요."

눈치가 빨라서 다행이다.

아마코의 예지 능력은 수인 특유의 마법이라서 아는 사람에게는 단박에 들통나니 말이지.

그나저나 하르파 씨의 마안은 굉장하구나. 아마코의 마력을 보고 대강 짐작하다니.

"다른 이야기를 할까요? 키리하 씨가 우사토 씨 일행을 보면 말을 전해 달라고 했습니다."

"키리하가?"

“자기들과 같이 있으면 이미지가 좋지 않을 테니 다른 곳에서 응원하겠다고 합니다.”

“그런가, 딱히 신경 쓰지 않아도 되는데……. 전해 주셔서 고맙습니다.”

“아뇨. 평소에는 인간을 의지하려 하지 않는 그녀가 이렇게 부탁해 준 것은 저에게도 기쁜 일입니다.”

무슨 심경의 변화라도 있었던 걸까요, 하고 하르파 씨는 생글생글 웃으며 나를 봤다.

키리하 남매는 다른 곳에서 보는 건가? 아마코와 달리 머리를 숨겨도 같은 반 학생들에게는 바로 들킬 테니 말이지. 같이 볼 수 없는 것은 조금 아쉽지만 어쩔 수 없다.

그런데 나크의 시합은 언제 시작하는 걸까. 이번 대회 참가자가 그렇게 많다는 이야기는 듣지 못했으니 오래 기다리지는 않겠지만…….

눈앞에서 벌어지고 있는 싸움이 곧 결판날 것 같아서 훈련장 주위를 둘러보니 학원 건물로 이어지는 입구 근처에 나크와 미나가 나란히 있는 것이 보였다.

“아, 있다.”

“나크 군이네. 그리고 미나라는 아이도 있어.”

선배도 눈을 깜박이며 나란히 선 두 사람을 보았다.

실전에서 나크가 미나에게 겁먹고 움직임이 둔해지진 않을지 걱정했는데, 지금 그의 모습을 보니 걱정할 필요 없을 것 같았다.

옆에 있는 미나가 노골적으로 도발하듯 나크에게 뭐라고 말하고 있지만 정작 나크는 미동도 하지 않고 시합이 벌어지고 있는 곳을 지그시 바라보고 있었다.

훈련의 성과, 라기보다 성격이 조금 꼬이는 부차적인 효과가 좋은 의미로 작용하고 있을지도 모른다. 너무 엄격했다는 느낌이 있었으나 이것은 이것대로 결과가 좋으니 장땡인 거지.

"자, 남은 건 저 애를 쓰러뜨리는 것뿐이야."

이윽고 시합 종료를 알리는 종이 울렸다.

환호성과 함께 두 학생이 물러나고, 새로이 싸움터에 선 나크와—.

"응? 저 애, 방패를 들고 있네."

훈련장 중앙에 들어온 것을 보고 깨달았는데, 미나는 커다란 백은색 방패를 들고 있었다.

아담한 그녀가 몸을 숙이면 전신을 쏙 숨길 수 있을 만한 크기였다.

"뭔가 무기를 들고 나올 건 예상했지만 설마 방패일 줄이야……."

저 자신만만한 표정을 보건대 방패라는 방어 수단을 들어서 안심하고 있는 것 같지만, 나크를 너무 얕보다가는 험한 꼴을 당할걸?

치유마법은 다른 사람을 고칠 뿐인 마법이 아니다. 그것이 무슨 뜻인지 미나는 몸소 알게 될 것이다.

타인에게 치유마법을 행사할 수 없는 나크에게 나는 『치유 펀치』라는 상대를 상처 입히지 않는 기술을 가르치지 않았다. 자칫 잘못하면 나크의 맨손 공격에 미나는 크게 다칠지도 모른다.

그렇기 때문에 내가 여기 있다. 그러니 신경 쓰지 말고 마음껏 해치워 버려, 나크.

너의 마법을 비웃었던 녀석들 중 누구도 이제 너를 따라잡지 못해.

닷새간의 고행 성과를 보여 주는 거야.

***

"—아주 기고만장하구나."

나와 미나는 훈련장 중앙까지 걸어갔다. 지금부터 승부가 시작될 것이다.

조금 전까지 눈앞에서 싸우던 두 선배는 서로의 건투를 칭찬하듯 악수하고 있었다.

나도 『평범한 마법』으로 누군가와 싸우는 것을 줄곧 꿈꿨었다.

그것은 이루어질 리 없었던 꿈— 하지만 나는 치유마법이라는 『평범하지 않은 마법』으로 이 자리에 서게 되었다.

관람석에는 학생들 틈에 섞여 한층 눈에 띄는 흰 단복을 입은 우사토 씨가 있었다.

"네가 아무리 노력해도 바뀌지 않아. 부모한테 버려진 것도, 사랑하는 동생과 떨어지게 된 것도, 너와 내 마법은 하늘과 땅 만큼 차이 난다는 것도."

그렇다, 내게는 여동생이 있었다.

하찮은 부모 때문에 갈라지게 된 여동생…….

분명 동생은 부모님의 자상한 미소 속에서 행복하게 살고 있을 것이다.

시기하지는 않는다. 하나뿐인 동생이고, 유일하게 내가 가족이라고 마지막까지 생각했던 존재였다.

나에 대해 뭐라고 말해 줬을까. 먼 곳에서 혼자 열심히 노력하고 있다고 자기 좋을 대로 타일렀겠지. 어째서 그토록 나라는 존재를 필사적으로 숨기려는 것인지 알 수 없지만, 이제는 어찌 되든 좋았다.

"미나."

"마침내 반응하는구나. 좋아, 들어 줄게."

"나는 이제, 어찌 되든 좋아. 귀족으로 돌아가는 것도, 네게 보복하는 것도……."

"귀족 신분을 버리겠다는 거야? 여기서 다시 시작할 수 있을 텐데도?"

"말도 안 되는 소리 하지 마. 네가 말했듯 나는 이미 부모에게 버려졌어. 여기에 보내졌을 때부터 타인이야."

"……그럼 왜 넌 내 앞에 서 있는 거야? 내 마법은 뼈저리게 알고 있을 텐데? 말해 두겠는데, 지금까지는 확실하게 봐줬던 거야. 그걸 모를 만큼 바보는 아니겠지?"

그렇겠지.

즐겁게 사람을 상처 입히는 그녀지만 진심으로 작렬마법을 내게 쓴 적은 없었다.

인간이 최대한 아플 정도의 세기로 마법을 맞춘다. 그것이 그녀가 지금까지 내게 한 일이었다.

"사실은 너랑 싸울 필요도 없었어. 하지만 나는 길을 제시받았어. 그 길을 나아가려면 지금의 나인 채로는 안 돼. 그 속절없이 커다란 등을 동경하게 된 나는 『그 사람과 어깨를 나란히 하고 싶다』고 생각해 버렸어. 나는 미치지 않았어, 미나. 나는 마침내 찾은 거야. 일생을 걸어도 좋다는 생각이 들 만큼 가치 있는 것을……."

우사토 씨와 만나기 전에는 아무것도 없었다.

그저 지금 있는 곳에서 쫓겨나지 않도록 필사적으로, 필사적으로 하루를 살고 있었다.

미래가 없는 공허한 나날을 살던 내게 우사토 씨는 길을…… 희망을 보여 주었다.

아무리 욕먹고 굴려져도, 감사하는 마음은 변함없었다.

언젠가 나도 우사토 씨처럼 강한 치유마법사가 되어, 그가 있는 구명단에서 어깨를 나란히 할 수 있을 만큼 성장하고 싶었다.

"치유마법사의 탈을 쓴 괴물 남자를 말하는 거야? 그딴 것과 어깨를 나란히 하고 싶다니 제정신이 아니구나. 사람이 아닌 생물이 되고 싶어 하다니, 나는 슬퍼."

"그 사람은 확실히 괴물처럼 강해. 하지만 아무리 강해도 그 강함을 사용하는 녀석이 어쩔 도리가 없다면 그건 그저 폭력이야. 네가 다루는 작렬마법처럼 말이야."

"흐응……."

그녀는 눈을 치켜떴다.

하지만 가혹한 사흘간을 버틴 내게 그 정도 노여움은 통용되지 않았다.

"난 너를 쓰러뜨려서 지금까지의 자신과 결별하고 루크비스라는 우리에서 나갈 거야."

이 시합이 끝나고 여러 가지로 준비를 마치면 루크비스를 떠나 링글 왕국으로 갈 생각이다.

여기 있을 이유도 없고, 친구도 없었다.

친구인지 아닌지는 모르겠으나, 키리하 씨 남매와 헤어지는 것은 정말로 괴롭지만 말이다.

미워해도 이상하지 않을 인간인 나를, 어색하긴 해도 맞이해 준 그 사람들에게 아무것도 은혜를 갚지 못한 것이 괴로웠다.

내 말이 어지간히 충격적이었는지 눈을 크게 뜬 미나는 험악한 표정으로 노려보았다.

"여길 나가겠다고? 내 허락도 없이? 재밌는 농담이구나, 나크. 살짝 혼쭐내는 선에서 끝내려 했지만 마음이 바뀌었어. 다행히 너희 부모님께 『마음대로 해도 좋다』는 말을 들었거든."

미나가 나를 손가락으로 척 가리켰다.

"네가 울며 용서를 구할 때까지 혼내 주겠어. 곤죽으로 만든 다음에 평생 내 노예로 키워 줄게. 영광이지?"

"제멋대로인 녀석이네. 아니지, 옛날부터 그랬나……."

애초에 대화로 어떻게든 해결됐다면 이런 상황까지 오지 않았다.

미나의 노예로 평생을 바치는 것은 사양이고, 계속 여기서 썩는 것은 더욱 싫었다.

나는 다시 한 번 숨을 내쉬고 집중했다.

그에 응전하듯 미나가 커다란 백은색 방패를 들고 그 손에 마력을 집중시키기 시작했다.

"더는 너를 무서워하지 않겠어."

"마음껏 말하렴. 귀엽디 귀여운 낙오자 군."

이 이상 말할 것은 없다.

지금부터가 진짜 싸움. 닷새간 내가 축적한 것을 우사토 씨에게 보일 때다.

***

미나가 마법을 씀과 동시에 나는 힘껏 땅을 박찼다.

"화염이여!"

미나의 손바닥에 다홍색 구체가 생성되었다.

작렬마법.

불 계통 마법 중에서도 드문 타입으로, 순간적으로 달군 공기를 폭발시켜 대상을 태우고 날려 버리는 것이 특징이다.

공격할 수단이 체술뿐인 나와는 상성이 나쁜 마법이었다.

게다가 미나가 들고 있는 방패— 저게 상당히 성가셨다.

아마 저 방패는 내 공격을 방어하기 위한 것이 아니라 자신의 작렬마법으로부터 스스로를 지키기 위한 것이리라. 작렬마법으로 자멸이라는 약점을 잘 보완하고 있었다.

거기까지 생각한 나는 다시 지면을 박차고 옆으로 뛰었다.

잠시 후, 방금 있었던 곳에 작렬마법 마력탄이 착탄하여 소규모 폭발을 일으켰다.

그 위력을 확인하며 미나 쪽을 보니 그녀는 경악한 표정으로 나를 보고 있었다.

"너……!"

"나도 놀고 있던 게 아니야! 진심으로 덤벼!"

"얕보지 마……!"

이어서 쏘아지는 마력탄.

미나의 말대로 마력탄의 위력은 지금껏 내게 맞췄을 때보다도 현격히 강했다.

하지만 그 속도는 압도적으로 느렸다. 우사토 씨가 던지는 마력탄의 절반 이하였다.

"너무 느려!"

훈련장 끝에서 끝까지 달려 나가며 움직임을 예측하고 다가온 마력탄을 몸을 틀어 피했다.

내가 멈춘 틈을 타 쏘아진 마력탄도 웅크려서 회피함과 동시에 발밑에 있던 돌멩이를 주웠다.

내 발밑을 노리고 날려진 마력탄에 방금 주운 돌멩이를 던졌다.

그러자 마력탄은 지면에 착탄하기 전에 폭발했고, 그 폭풍에 맞춰 나는 뒤로 뛰었다.

"성과, 확실하게 얻었어요, 우사토 씨!"

모래 먼지를 몰아내며 내 힘을 실감했다.

가슴 가득 고마움이 차올랐다.

치유마법 따위 쓸모없는 마법이라고 생각했기에, 누구의 도움도 되지 않는 마법이라고 생각했기에, 지금 이렇게 내 힘의 일부가 된 것이 더할 나위 없이 기뻤다.

"우앗?!"

감동하여 떨고 있는 동안에도 미나의 마력탄은 끊임없이 날아왔다.

모래 먼지가 날려 시야가 좋지 않음에도 마구잡이로 마법을 쏘는 것을 보면 아까 내가 했던 말에 어지간히 화가 난 모양이었다.

하지만 이것은 오히려 기회다.

마구잡이로 마력탄을 쏘고 있다는 것은 내가 어디 있는지 모른다는 뜻이다. 하지만 마력탄을 쏘는 미나의 위치는 훤히 알 수 있었다.

"좋아!"

작렬마법이 직격하면 내구력이 없는 나는 일격에 기절할 가능성이 있다. 하지만 다가가지 않는 한, 평생 미나를 쓰러뜨릴 수 없다.

그러니 나는 간다.

오른 손바닥을 지면에 짚고 양발에 힘을 주었다.

"가자!"

스스로를 북돋우며 모래 먼지 너머 앞에 있는 미나를 응시하고서 온 힘을 다해 땅을 박차고 달려 나갔다.

계속해서 날아오는 마력탄을 향해 돌격하다니 자살 행위로 보이겠지만, 지금 미나는 내가 있을 방향으로 마구잡이로 마법을 쏘고 있는 것에 불과했다.

폭풍의 여파를 받으면서도 미나가 있는 방향을 확인하며 오른발로 힘차게 땅을 밟아 도약했다.

"우오오오오!"

신장보다 높이 뛰어오른 나는 그대로 모래 먼지의 벽을 돌파했다.

"엇?!"

"받아라!"

기세는 멈추지 않았다.

미나를 향해 낙하하듯 돌격하여 얼빠진 표정을 지은 그녀에게 날아차기를 가했다.

"뭐, 어?! 날았……?!"

순간적으로 방패를 땅에 꽂은 그녀는 그 뒤에 숨어 발차기를 막았지만—.

"그런 철판으로 내 발차기를 막을 수 있을 것 같아?!"

"말도 안 돼…… 꺄악?!"

발차기를 더욱 비틀어서 땅에 꽂은 방패째 그녀를 날려 버렸다.

크게 날아가 지면에 내동댕이쳐진 그녀에게서 눈을 떼지 않으며 착지한 뒤, 옷에 묻은 모래 먼지를 털었다.

"더는 네게 굴하지 않아! 미나 리아시아, 오늘 여기서 너와의 인연을 끊어 내겠어!"

이것이 나의 힘이다.

네가, 너희가 깔보던 그 사람과 나의 힘이다!

방패를 지팡이 삼아 몸을 일으키는 그녀를 척 가리키며 외쳤다.

지면에 내동댕이쳐지면서 긁혔는지 미나의 입가에서 피가 흐르고 있었다. 하지만 방패 덕분에 그 외의 큰 상처는 없어 보였다.

미나가 방어에 사용한 방패는 한가운데가 움푹 파이고 그 부분에서 작은 균열이 퍼져 있었다.

하지만 그래도 미나는 일어났다.

지금껏 본 적 없는 호전적인 웃음과 함께.

"하! 좋아! 내가 진심으로 싸우도록 만든 걸 후회하게 해 주겠어!"

방패를 짚고 일어난 그녀는 입가를 거칠게 닦고서 핏발 선 눈으로 나를 노려보았다.

노기에 섞여 살기조차 느껴지는 강렬한 눈이었지만 나는 기죽지 않고 자세를 잡았다.

지금부터는 내가 모르는 미나와의 싸움이 된다—.

***

"그는 강해졌구나."

나크와 미나의 공방을 보던 선배는 감개무량한 얼굴로 그렇게 중얼거렸다.

주위를 둘러보니 교사로 여겨지는 사람도 포함해 다들 멍하니 입을 다물고 있었다.

가능한 한 로즈를 흉내 내서 훈련시켰으니 당연했다.

제자가 성장한 모습을 보니 자랑스러웠다.

"나크가 강해진 건 훈련 덕분이에요. 하지만 엄격한 훈련을 끝까지 완수한 건 그의 강함이죠."

그토록 고생시키면서 나도 무척 마음이 아팠다.

하지만 나크는 훌륭하게 닷새간의 훈련을 완수했다.

미나의 마력탄을 회피하며 뛰어다니는 나크를 보고 카즈키가 팔짱을 꼈다.

"불과 닷새간의 훈련이라고 들었는데 굉장하네. 조금 전의 발차기를 보건대 저 미나라는 여자아이, 앞으로 한 방 확실하게 맞으면 쓰러지지 않을까?"

"아니, 조금 전 그걸로 결판을 내야 했어."

"뭐? 어째서?"

카즈키가 놀라며 나를 돌아보았다.

나크와 미나의 싸움에서 눈을 떼지 않으며 내 나름대로 분석한 것을 이야기해 보았다.

"상정했던 것보다 미나라는 아이의 반응이 빠르기도 하고, 나크의 강점도 다리뿐이야. 나와 달리 완력은 보통 이하니까, 조금 전 발차기가 나크가 낼 수 있는 최고의 일격이라고 생각해도 돼."

게다가 저 방패, 보기보다 단단했다. 그런대로 무게도 있을 테니, 어쩌면 그녀는 완력으로도 나크를 능가할지 모른다.

저 방패를 일격에 부수지 못한 것은 뼈아팠다. 미나도 바보가 아닐 테니 다음 기회는 없다.

"그리고 나크는 내구력이 없어. 오히려 일격에 격침될지도 몰라. 이야~ 아무리 훈련이라도 내구력을 단련하기 위해 때릴 수는 없으니 말이지."

"네가 때리면 나크 군은 죽을 거야!"

"하하하, 하하……."

어쩌지…… 어제 요격하기 위해 한두 번쯤 가볍게 때려 버렸다.

하지만 치유마법을 걸어 줬으니 세이프겠지. 나크도 태연한 얼굴로 일어났고…….

내심 동요하면서도 내색하지 않고 행동했다.

이 사실을 알면 분명 질겁할 거야……!

"거짓말하면 안 돼. 우사토, 거짓말하면 안 돼. 확실하게 자백해서 질겁하는 시선을 받아야 해."

이 아기 여우…….

선배에게 보이지 않도록 손가락을 들자 내 뒤에 몸을 숨기고 있던 아마코는 얼굴이 새파래져서 잽싸게 이마를 누르며 내 단복을 잡아당겨 얼굴을 가렸다.

옷 늘어나, 늘어난다고…….

"하아…… 아무튼 내구력이라면 미나도 마찬가지야. 둘 다 제대로 한 방 맞으면 승부는 끝나. 하지만 나크의 공격에 대응한 미나는 평범한 못된 아이가 아니야."

"미나는 또래 아이들 중에서 꽤 **하는** 편이죠. 조금 자신감이 과한 부분도 있지만, 작렬마법과 방패를 이용한 견실한 싸움법을 좋아하는 마법사입니다. 나크 군과는 상성이 상당히 나쁘겠죠."

하르파 씨의 말을 듣고 나는 작렬마법을 쏘고 있는 미나를 보았다.

작렬마법 공격과 방패 방어인가.

방패를 부수면 싸움을 유리하게 가져갈 수 있겠지만, 나크에게는 방패를 부술 수단이 적었다.

"나크는 철저히 회피하는 전법을 사용해. 지고 있는 부분은 있지만 이기고 있는 부분도 있어. 마지막 사흘간 시킨 건 마력탄을 다량으로 사용하는 마법사 대책 훈련 같은 거였어."

회피하며 활로를 찾아 물리 공격으로 굴복시킨다.

『로즈식 샌드백 트레이닝』의 개량판, 굳이 말하자면 『우사토식 슈팅 트레이닝』. 새로운 기술 『치유마법탄』을 이용한 회피 훈련으로 원·중거리 공격에 대한 회피 능력을 단련한 지금의 나크에게 평범한 마력탄은 효과가 없다고 해도 좋을 것이다.

하지만 효과가 없는 것은 어디까지나 마력탄뿐, 부차적인 영향은 막을 수 없다.

"방심하지 마. 아무리 강해졌어도 아직 정신력이 약해. 그 부분을 파고들면…… 단숨에 어려워질 거야."

치유마법으로 상처는 고칠 수 있어도 통증까지는 지울 수 없다.

조그만 판단 미스가 치명상으로 이어진다.

***

“도망치는 건 빠르구나!”

달려드는 작열의 마력탄을 발을 멈추지 않으며 회피하고서 반격할 틈을 엿보았다.

조금 전처럼 모래 먼지를 이용한 기습을 허용하지 않으려는 것인지 날아오는 마력탄의 농도가 확연하게 달랐다. 그 탓에 착탄과 동시에 광범위한 작렬은 일어나지 않았고, 소규모로 응축되어 더욱 성가셨다.

발 근처에 착탄한 마력탄은 열풍과 함께 돌멩이와 모래를 사방으로 날렸다. 그 여파에 삼켜지며 나는 멈추려는 다리를 필사적으로 계속 움직였다.

“윽…… 역시 전부 피할 수는 없나!”

폭풍에 실린 돌멩이가 충분한 파괴력을 지니고서 나를 덮쳤다.

상처는 크지 않았지만 통증이 내 정신을 괴롭혔다.

“그렇게 무식하게 계속 쏠 수 있는 네가 부러워……!”

“타고난 재능이지! 난 천재니까!”

역시 또래 중에서도 출중한 아가씨의 말은 다르구나.

자신감이 넘쳤다.

자신이 질 것이라고는 조금도 상상하지 않았다.

태어나면서부터 남들 위에 서는 것을 요구받은 재녀(才女).

반면 나는 집에서도 버려진 낙오자.

그러나 그런 나도 할 수 있는 일이 있다.

"멈출까 보냐!"

우직하게 단련한 이 다리로 미나의 마력이 고갈될 때까지 계속 달리는 거다.

마력탄을 피하며, 방패를 든 미나에게 접근을 시도했다.

"근접전으로……!"

작렬마법은 사용자인 미나 자신도 휘말릴 수 있어서 가까이에서는 사용할 수 없다. 그 약점을 찌르겠어!

일격— 발차기를 한 번이라도 제대로 날린다면 가냘픈 미나를 전투 불능에 빠뜨리기는 쉽다.

방패 뒤에 숨은 그녀를 노리며 무방비한 오른쪽으로 뛰었다. 자신의 시야를 막는 방패로 철저히 방어할 것은 예상하고 있었기에 그 순간을 가늠하여 승부를 결정짓는다—!

"이겼다!"

확신과 함께 발차기를 날렸다.

—후후.

그 순간, 방패를 낀 팔 틈으로 미나가 웃는 것이 보였다.

아니, 웃고 있을 뿐만이 아니었다. 이쪽을 확실하게 시야에 담고 있었다.

이제껏 느껴본 적 없는 오한이 느껴져 발차기를 멈추려고 눈앞의 그녀를 의식에서 제외했을 때— 무방비한 머리에 쾅 하고 충격이 엄습했다.

"억……!"

한순간 시야가 암전하여 쓰러질 뻔했지만 이를 악물고 필사적으로 버텼다.

젠장! 무슨 짓을 당한 거지?!

얼얼한 머리를 손으로 누르며 미나 쪽을 보았지만 눈앞에 있던 것은 무시무시한 기세로 돌진해 오는 백은색 벽이었다.

"크…… 으아악!"

몸이 내 뜻과는 달리 움직이지 않았다.

나는 무방비한 상태로 미나의 방패와 충돌하여 땅을 굴렀다.

"윽, 하아…… 하아……."

"넌 정말로 바보구나."

미나는 방패를 들더니 씩 웃으며 고통스러워하는 나를 내려다보았다.

설마 내가 발차기를 날리기 전에 방패를 휘둘러 공격한 건가?

그리고 주춤한 내게 추격타로 돌진해 왔다…….

"나한테 방패는 단순한 방어 수단이 아니야. 뭐, 이런 건 처음에만 통하지만, 기습에는 최적이지."

그렇게 말한 미나는 느긋한 동작으로 방패를 가볍게 고쳐 들었다.

이마가 찢어졌는지 피가 미간을 타고 흘러내렸다. 치유마법을 행사하려고 했지만 머리를 맞아 어질어질해서 제대로 집중되지 않았다.

집중하지 못하면 치유마법의 효과는 절반 이하, 바로 낫는 상처도 이래서야 낫지 않는다.

지면에 무릎을 꿇고 미나를 노려보았다.

"말해 두는데, 그저 다리가 빨라지고 눈이 좋아진 정도로는 날 못 이겨. 마법사는 자신의 계통마법을 이해하고서 전투 방식을 골라야 해. 물론 상대와의 상성도 고려해야지. 나랑 네 상성은 최악이야. 어째서 날 이길 수 있다고 생각했을까. 이길 수 있는 상대와 이길 수 없는 상대 정도는 너도 이해하고 있을 줄 알았는데."

이길 수 있는 상대와 이길 수 없는 상대.

내게 있어 미나는 절대적 승자라는 건가!

그런 웃기는 얘기가 어디 있어!

"그래도 칭찬해 줄게. 열심히 했네. 불과 일주일 만에 이 정도로 실력이 늘다니, 솔직히 깜짝 놀랐어. 어때? 지금 패배를 인정하면 특별히 널 용서해 줄 수도 있어. 이 이상 따끔한 맛은 보고 싶지 않지?"

"……!"

미나가 솔직하게 칭찬해서 놀랐다.

그리고…… 그것은 너무나도 감미로운 말이었다.

여기서 패배를 인정하면 용서받을 수 있다. 어쩌면 괴롭힘당할 때보다 환경이 좋아질지도 모른다. ……그런 생각이 들었기 때문이다.

하지만 내 대답은 변함없다.

"……싫어."

예전보다 좋아진다고? 그런 건 그저 어리광일 뿐이잖아.

확실히 지금까지 계속 나를 깔보던 미나가 내 실력을 인정했다는 사실은 내 안에 희미한 성취감을 남겼다.

하지만 그뿐이었다.

나와 그녀의 절대적인 역학 관계는 바뀌지 않고, 그녀에게 괴롭힘당하는 일상도 바뀌지 않는다.

나는 아래고 그녀가 위— 절대로 뒤집을 수 없는 관계가 이어질 것이다.

"흐응……."

"나는 너를 날려 버리기 위해 여기 있어. 패배를 인정하고 좋을 리가 없어."

"여기서 굴복해도 아무도 널 비난하지 않을 텐데?"

"……그렇겠지."

우사토 씨도, 키리하 씨 남매도 분명 나를 비난하지 않을 것이다.

그들은 상냥하니까 내 선택을 긍정해 주리라.

하지만 나는 허락할 수 없다.

미나에게 굴복하여 편한 길을 골라 어중간하게 사는 것을, 나 자신이 허락할 수 없다.

"확실히 패배를 인정하면 이전까지의 빌어먹을 일상이 아주 조금 좋아질지도 몰라. 하지만 여기서 너한테 굴복해 버리면 나는 평생 패배자인 채로 남을 거야. 그리고 무엇보다…… 우사토 씨와 보낸 닷새간을 스스로 헛되이 만들게 돼. 그것만큼은 절대로 싫어!"

"그렇게까지 소중히 할 가치가 있어? 고작 일주일간 맺은 관계잖아?"

"맞아, 고작 일주일이야! 그 짧은 시간 동안, 이루 감사할 수 없을 만한 걸 받았어! 괴롭고 힘들고 도망치고 싶었어도, 그래도, 기뻤다고!"

다른 사람에게 기대하고 싶지 않았다.

다른 사람에게 기대받고 싶지 않았다.

부모님에게 버려지고 누구도 진심으로 믿지 못하게 된 나를 이렇게 이 자리에 설 수 있게 단련시켜 주었다.

내 승리를 믿어 주었다. 그것만으로도 패배를 인정하지 않는 이유로 충분하지 않은가.

"또 믿어도 좋다고, 치유마법이라는 성가신 마법에 눈떠 버린 날부터 밑바닥 인생을 살던 내가 그렇게 생각할 수 있게 일깨워 줬어! 그러니 나는 절대로 네게 굴복하지 않아!"

"하! 말은 잘하는구나. 바보처럼 머리에서 피를 흘리며 한다는 말이 그거야? 좀 더 자신의 상황을 생각하고 말을 고르는 편이 좋지 않을까?"

"잊지 마. 나는 치유마법사야. 이 정도는 아무렇지도 않아!"

무릎을 꿇은 상태에서 일어났다.

상처는 이미 나았다. 얄궂게도 이 문답은 내게 회복할 시간을 주었다.

이마에 남은 피를 손으로 닦아 땅에 뿌렸다.

아직, 나는 싸울 수 있어.

일어난 나를 보고 미나는 가엽다는 듯 눈을 내리떴다.

"그래, 어쩔 수 없네. 계속하자."

"읏!"

번뜩 눈을 뜬 그녀가 나를 향해 손바닥을 들었다.

순간적으로 그 자리에서 몸을 날려 그녀와 거리를 벌렸다. 이제 아까와 같은 반격은 받지 않는다!

"인정할게. 너는 강해졌어. 내가 상상한 것 이상으로 말이야."

"……읏."

"확실히 네가 보낸 닷새간은 쓸데없지 않았어."

미나의 분위기가, 바뀌었어?

감정이 휘두르는 대로 마법을 쏘던 그녀가 놀라우리만큼 고요하게 마력을 다듬고 있었다.

"그러니 나도 방식을 바꿀게."

"뭐……?"

"몰아붙이면서 적당히 마법을 쏘면 맞을 줄 알았지만 지금의 네게는 통하지 않아. 그러니 방식을 바꾸겠어."

그렇게 말한 그녀는 손에 든 방패를 땅에 꽂더니 새로운 마력탄을 생성했다.

하지만 그것은 지금까지 그랬던 것처럼 한 개가 아니었다. 다섯 개로 나뉜 작은 마력탄이 그녀의 손바닥 위에 떠 있었다.

지금부터 이루어질 공격을 이해하고 식은땀이 흘렀다.

"용사처럼 괴물 같은 짓은 못 해도 이 정도는 나도 할 수 있어. 목표를 겨냥하지 않아도 네가 있는 방향에 집중해서 마력탄을 쏘면 연쇄하듯 작렬할 거야. 도망칠 곳이 없을 정도로 말이지."

양손을 합쳐 마력탄이 열 개—.

그녀가 씩 웃으며 팔을 벌림과 동시에 그 자리에서 홱 물러났다.

"어디 한번 도망쳐 봐. 할 수 있다면 말이야!"

순간, 겹겹이 휘몰아치는 폭풍이 나를 덮쳤다.

***

"윽, 으아아아아아아악!"

미나가 쏜 작렬마법의 여파를 정통으로 받은 나크가 고통스러워하며 달렸다. 하지만 광범위하게 펼쳐지는 미나의 파상공격으로부터는 도망칠 수 없었다.

"우사토! 저 애 괜찮은 거야?!"

"우사토 군……."

카즈키와 선배가 나크를 걱정스럽게 바라보았다.

"미나가 사용하는 작렬마법은 그런대로 위력을 가지고 있습니다. 그녀는 그것을 여러 개 생성하여 뿌리고 있어요. 아무리 나크 군의 다리가 빨라도 도망칠 곳이 한정되면 불리해지는 것은 필연입니다. 우사토 씨, 역시 이건……."

하르파 씨의 말대로 나크에게 절망적인 상황이리라.

"우사토…… 괜찮은 거야?"

단복을 쥔 아마코도 카즈키나 선배와 비슷한 눈으로 나크를 보고 있었다.

괜찮냐고?

아아, 괜찮지 않다. 전혀 괜찮지 않아.

광범위한 작렬마법?

그래, 확실히 굉장해.

하지만 그게 뭐 어쨌다고? 기껏해야 안전한 곳이 없을 뿐이잖아.

그런 건 얼마든지 어떻게든 돼.

"나크, 그 얼굴은 뭐야."

공포에 질려 허둥지둥 도망치는 나크에게 아까와 같은 용감한 모습은 없었다.

확실히 미나는 우리의 예상보다도 훨씬 강하다. 저렇게 많은 마력탄을 뿌릴 수 있는 마력량과 센스는 천재라고 해도 좋을 것이다.

하지만 내가 나크에게 제시한 길은 구명단이다. 구명단이 달리는 전장에는 휴식할 곳도, 안전한 장소도 없다.

검이나 마법이 언제 달려들어도 이상하지 않은 상황에서 활동해야만 하는 우리에게 이 정도는 아무렇지도 않았다.

나크, 너는 지금 무슨 생각으로 미나의 공격을 필사적으로 피하고 있는 거야?

도망치기 위해?

기회를 찾아내기 위해?

상대가 지치기를 기다리기 위해?

조금 전의 기습 이후로 직접 미나를 쓰러뜨리고자 하는 의욕이 결여되어 있음을 훤히 알 수 있었다.

“웃기지 마, 나크!”

나는 도망치라고 널 훈련시킨 게 아니야.

이기기 위해 훈련시켰다고!

“나답지 않지만, 응원 정도는 보내 줄까…….”

어떤 상황에서도 자신에게 부과된『다른 사람을 살린다』는 사명을 다하는 것이 구명단이다.

숨을 들이쉬자 단복을 잡고 있던 아마코가 귀를 막았다. 선배도 카즈키도 하르파 씨도, 눈을 동그랗게 뜨고서 내 거동에 주목했다.

그에 상관하지 않고 숨을 들이마신 나는—.

***

공기가 뜨겁다.

숨을 들이쉬니 폐가 아팠다.

그래도 달리는 발은 멈추지 않았다.

멈추면 순식간에 작렬마법이 직격하여 의식을 놓아 버릴 것이다.

아직, 멈춰선 안 돼.

아무리 미나라도 저 정도 마법을 끝없이 쏠 수 있을 리가 없다.

버티고, 버티고, 버티고, 버티고, 감내하여 단숨에 승리로 가져가겠어.

“너한테는 그 모습이 어울려.”

“크…… 아아아아악!”

발밑에서 마법이 작렬했고, 날아온 돌이 오른쪽 어깨에 부딪혔다.

몸을 뒤로 틀어 충격을 흘렸지만 이어서 덮친 열풍을 받고 땅을 구르며 신음했다.

“네가, 그 모양이니까…….”

띄엄띄엄 들려오는 미나의 목소리도 잘 인식되지 않았다.

다만 평소와는 달리 그 목소리에서 감정이 읽히지 않았다.

“언제까지고, 언제까지고 언제까지고! 그렇게 비참한 모습을 보이니까 넌 안 되는 거야!”

멈춰 있을 수는, 없다.

구르는 기세를 이용하여 일어나 그 자리를 벗어나자 다음 순간, 재차 열풍이 휘몰아쳤다.

무심코 팔로 얼굴을 가리며 뒤로 크게 뛰고서 달렸다.

모든 상처를 고치고 있을 여유는 없기에 최소한으로만 고치며 회피에 집중했다.

“그러니까 이제 다시는 일어날 수 없게 철저히 밟아 주겠어. 여길 나간다는 어리석은 생각을 못 하도록— 철저히 말이야!”

“……!”

미나의 목소리에 귀를 기울여선 안 된다.

의식하는 건 다가오는 마력탄뿐— 그러지 않으면 여기서 끝나 버린다.

“아직, 버틸 수 있어……. 나는, 지지 않았어……!”

“제 몸 지키기 급급한 네가 나를 이길 수 있다고 생각하는 것 자체가 이상한 거야! 왜 그걸 몰라?! 왜 받아들이기만 하고 저항하지 않는 거야! 왜—.”

“시끄러워!”

그녀의 날카로운 목소리가 귀에 거슬려 그렇게 외치고 회피에 집중했다.

“나아아아아아아아아아아크!”

“……?!”

순간, 머리에 때려 박히듯 울리는 목소리—.

그 목소리에 나도, 미나도…… 아니, 여기를 보고 있던 모든 사람들이 움직임을 멈추고서 목소리가 들린 곳을 보았다.

그곳에는 우사토 씨가 팔짱을 끼고 서 있었다.

“우사토, 씨…….”

쉰 목소리로 그의 이름을 불렀다.

척 봐도 알 수 있을 만큼 화가 난 그가 무슨 말을 할지 무서웠다.

그는 멍하니 있는 나를 똑바로 응시하더니—.

“바보야! 도망치지 마, 싸워!”

그렇게 외쳤다.

너무나도 간결한 매도와 응원이었다.

미나도 영문을 모르겠는지 곤혹스러워하며 나와 우사토 씨의 얼굴을 번갈아 보고 있었다.

특별한 의미가 없다는 건 안다. 액면 그대로지만, 이보다 더 내게 효과적인 말은 없었다.

"하, 하하하…… 그런, 터무니없는 소리를……."

도망치지 마, 인가.

처음에는 미나를 쓰러뜨려 주겠다고 기세등등했지만, 지금은 진심으로 미나를 무서워하며 도망칠 생각만 하고 있었다.

얕보고 있던 것은 내 쪽이고, 미나는 오히려 진심으로 나와 승부해 주고 있었다.

"나는 정말 바보구나……."

그럴듯하게 말해 놓고서 도망치기만 했다.

하자고 생각하면 아무리 다쳐도 버틸 수 있을 터였다.

하지만 아픈 게 싫어서, 지고 싶지 않아서, 미나와 정면으로 맞서고 싶지 않아서, 도망쳤다.

찌질하고 꼴불견인 옛날의 나와 아무것도 달라지지 않았다.

"하지만—."

양쪽 뺨을 힘껏 때렸다.

눈이 번쩍 뜨였다.

나는, 이제 도망치지 않아!

"감사합니다!"

분명 다들 우사토 씨의 말에 담긴 진의를 모를 것이다.

어쩌면 절체절명인 내게 무리한 요구를 하는 최악의 스승으로 보일지도 모른다.

하지만 전혀 아니었다.

우사토 씨는 나를 제대로 알고 있었다.

"이런 상황에서 터무니없는 소리를 하는구나."

"최고의 스승이지? 도망치려고만 하던 내가 다시 맞설 수 있게 해 줬어."

"그래……. 하지만 그렇다고 날 이길 순 없을걸!"

미나의 양손에 다시 마력덩어리 열 개가 생성되었다. 당장에라도 쏠 수 있게 준비한 것이리라.

조금 전까지의 나라면 벌써 이 자리를 벗어났겠지만 지금의 나는 다르다.

"후우……."

집중해서 치유마법을 온몸에 휘감았다.

조금 전까지는 최소한으로만 전개했지만 이번에는 전력이다.

"너를 쓰러뜨리겠어."

"불가능한 소리 하지 마."

"그래, 이제 말 안 해. 이게 마지막이야."

힘껏 발을 디뎌 전력으로 달려 나갔다.

피하기 위해서가 아니라 쓰러뜨리기 위해—.

그 어떤 위력의 작렬마법이더라도 맞설 각오는 되어 있었다.

팔을 십자로 교차하여 얼굴을 지키며 돌진했다.

"우오오오오!"

작렬마법이 착탄하면서 튄 자갈과 돌멩이가 몸에 상처를 냈지만 그래도 달리는 발을 멈추지 않았다.

이딴 아픔, 지금껏 괴롭힘당했던 기나긴 고통과 비교하면 보잘것 없었다.

"읏…… 우오오오!"

이어서 휘몰아치는 열풍.

온몸이 타는 듯한 열기에 노출되었지만 이것도 부모에게 버림받은 상실감과 비교하면 아무렇지도 않았다.

나도 모르는 사이에 눈물이 끊임없이 흘러나왔다.

"나크, 너……?! 칫!"

미나는 혀를 차며 마지막으로 나를 향해 똑바로 마력탄을 쏘았다.

순간적으로 만들어 낸 것이어도 나를 기절시키기에는 충분한 위력이었다.

보통은 피해야 할 것이다.

하지만 나는 치유마법사— 그 어떤 역경도, 부조리도 몸뚱이 하나로 극복하는 마법사다!

아픔 따위 얼마든지 참을 수 있어!

나는 멈추지 않고 계속 달리며 오른쪽 주먹을 치켜들었다.

"부서져라아아아!"

"뭐?!"

마력탄에 주먹을 때려 박았다.

폭발한 불이 나를 집어삼켰고, 목구멍이 타는 듯한 숨 막힘과 강렬한 아픔이 엄습했다. 너무 아파서 소리조차 지를 수 없었으나—의식은 아직 있었다.

"읏—!"

오른손으로 불길을 몰아내 작렬마법을 없앴다.

팔을 끝까지 휘두르자 그 앞에 눈을 크게 뜨고서 방패를 든 미나가 있었다.

"아아……."

겨우 마주 섰다.

겨우 마주 서게 되었다.

정면으로 마주 서고서야 깨달았다.

역시 나는, 미나가 무서웠다.

"우와아아아악!"

떨려서 엉키려는 발을 필사적으로 바로 세워 내디뎠다.

발차기를 날릴 만큼 다리를 들어 올릴 수 없었고, 오른손도 아파서 움직일 수 없었다.

하지만 아무것도 못 하는 것은 아니었다. 그런 기술을 쓸 수 없어도 내게는 이 몸이 있다! 달릴 수 있는 이 다리가 있다!

잔뜩 쉰 목소리로 외치며 힘껏 땅을 밟아 눈앞의 미나를 향해 달렸다.

"그런 몸으로 뭘 할 수 있다는 거야! 이제 그만해, 죽는다고!"

누가 봐도 더는 아무것도 할 수 없는 것처럼 보일 터였다.

하지만 우사토 씨라면, 내가 동경했던 그라면, 분명 그 어떤 상황에서도 그 몸 하나로 어떻게든 해내 보일 것이다!

그리고 그것이 구명단의 일원이 되기 위한 커다란 한 걸음!

전력으로 미나의 방패에 몸을 부딪쳤다!

"으윽?!"

힘껏 격돌한 탓인지 왼쪽 어깨에서 좋지 않은 소리가 들렸지만 상관하지 않고 발을 내디뎠다.

미나가 괴로워하는 소리를 냈다.

그런 그녀의 목소리를 코앞에서 들은 나는 감정이 이끄는 대로 목소리를 짜냈다.

"나는! 네가 무서웠어! 네 얼굴 따위 보고 싶지 않았어! 널 보고 있으면, 아직 부모님이 나를 사랑해 주셨을 때— 귀족이었을 때의 내가 떠올랐으니까!"

"……!"

흘러넘치는 눈물은 멈추지 않았다.

방패 뒤에서 내 얼굴을 본 미나는 그저 버티듯 잠긴 목소리를 낼 뿐이었다.

"여기서 끝내겠어! 오늘부터, 오늘부터 나는! 구명단의—!"

독백이어도 상관없다.

그저 너와, 그리고 과거와 결별하기 위해서는 지금 이 자리에서 선언해야만 했다.

"치유마법사가! 될 거야아아아!"

그렇게 외치고 더욱 힘을 주자 움푹 파였던 방패 중심 부분의 균열이 땅에 꽂힌 부분까지 퍼져 내려왔고— 이내 쩌적, 둘로 갈라졌다.

방해물이 없어지자 나는 그대로 미나에게 혼신의 몸통박치기를 날렸다.

***

처음에는 귀족 주제에 음침한 아이라고 생각했다.

겉모습도 밋밋하고, 말도 제대로 못 했다.

나는 그런 글러 먹은 아이와 항상 놀고 있었다.

그 녀석의 이름은 나크.

우리 부모님과 친한 귀족의 아들.

밖으로 놀러 나가는 것을 싫어하는 나크를 내가 데리고 나가는 것이 매번 반복되었다.

하지만 밖에서 노는 것은 그다지 즐겁진 않았다.

밖이라고 해도 저택 부지 내였고, 너무 멀리 가지는 못했기 때문이다.

하지만 나크와 함께 있는 것은 심심하지 않았다.

지금 생각해 보면 그와 노는 시간은 내게 무엇보다도 소중한 시간이었을지도 모른다.

귀족의 딸로서 제약이 많았던 내 일상에, 똑같이 귀족의 아들인 그는 귀중한 존재였다.

하지만 내가 아홉 살이 됐을 때, 나크의 모습을 저택에서 볼 수 없게 되었다.

"이제 그 아이와 만날 필요는 없단다."

나크의 엄마가 그렇게 말했다.

"대신 딸과 놀아 주지 않겠니?"

나크의 아빠가 그렇게 말했다.

"미나 언니. 최근 오라버니와 만날 수가 없어요."

나크의 동생이 슬픈 얼굴로 그렇게 말했다.

아버지와 어머니에게 이유를 물어도 유감스럽다는 표정을 지을 뿐, 아무것도 가르쳐 주지 않았다.

그 이후로는 원래부터 즐겁지 않았던 야외 놀이가 형편없이 지루해졌다.

소중한 무언가가 빠진 것처럼 내 일상에서 색채가 사라져 버렸다.

그렇게 1년이 지났을 무렵, 부모님과 함께 그의 저택을 찾은 나는 우연히 아가레스 가문의 하인들이 대화하는 것을 들었다.

나크가 마도도시 루크비스의 학원에 들어가게 된다는 이야기였다.

그 이야기를 들었을 때, 나는 기뻤다.

"루크비스에 가면 그 녀석을 볼 수 있어."

루크비스라는 곳은 알고 있었다. 마법을 배우는 학원으로, 여기저기서 많은 사람들이 모이는 곳이었다.

분명 나크도 그곳에 들어가기 위해 1년간 공부한 것이라고 생각했다.

그날 밤, 나는 루크비스에서 마법을 배우고 싶다고 곧장 부모님께 부탁했다. 아버지도 어머니도 걱정했지만 어떻게든 설득했다.

정식으로 루크비스에 입학한 나는 제일 먼저 나크를 찾았다.

그리고 그를 발견했지만—.

루크비스에서 만난 그는 다른 사람처럼 변해 있었다.

원래부터 음침한 녀석이었지만, 다시 만난 나크는 지독히 가라앉은 눈을 하고서, 입학하여 들떠 있는 학생들 사이를 고개 숙인 채 걷고 있었다.

"나크!"

나는 그런 그의 손을 잡고 말을 걸었다.

왜 그렇게 음울한 얼굴을 하고 있어, 라든가.

나한테 말도 없이 오다니 배짱 한번 좋구나, 라든가.

그런 말을 쏘아붙이면서도 그의 쭈뼛거리는 목소리를 오랜만에 듣고 싶었다.

하지만—.

"힉……?!"

"꺄악!"

그는 내 손을 거세게 뿌리쳤다.

공포로 얼굴을 일그러뜨리고서 어딘가로 달려가 버렸다.

멍하니 서 있을 수밖에 없었던 나는 얼얼한 손을 보고 주체 못할 상실감을 느꼈다.

그 후, 아버지에게 편지를 써서 마침내 모든 사정을 알았다.

나크는 치유마법 적성을 나타냈다고 한다. 나크의 부모는 그 사실이 밖으로 새어 나가지 않도록 그를 저택에 가두었다. 그리고 쫓아내듯 루크비스에 입학시켰다.

충격적이었지만, 나는 치유마법이 어쨌다는 것보다도 나크에게 거절당한 것을 용납할 수 없었다.

나는 어떻게든 나크가 기운을 차렸으면 해서 그와 계속 접촉했다.

하지만 그것도 잘 되지는 않았다.

그는 나를 무서워하며 눈도 맞춰 주지 않았다. 내 모습을 보면 도망쳤다.

그럴 때마다 생각대로 되지 않는 그에게 분노를 내비치고 말았다.

처음에는 가볍게 때리는 정도였다.

내가 무슨 짓을 해도 그는 아무 말 없이 눈을 감고서 그저 아픔을 견딜 뿐이었다.

약하게 위력을 줄인 마법을 날려도 그는 말대꾸하지도, 화내지도 않았다.

어째서 아무것도 하지 않고 받아들이기만 하는 거야?

치유마법사로서 너의 가치를 부모에게 보인다면 다시 저택으로 돌아갈 수 있을지도 모르는데—.

루크비스는 마법을 공부하기엔 안성맞춤인 곳이다. 다시 시작할 기회는 얼마든지 있을 터였다. 그런데 나크는 처음부터 안 된다며 포기하고 시도조차 하지 않았다.

그런 그가 짜증 났다.

언제부터인가 말보다는 폭력으로 호소하는 일이 많아졌고, 그것이 일상이 되었다.

이제 나도 거의 포기하고 있었다.

나크는 쭉 저 상태일 거라고—.

함께 놀던 무렵으로는 두 번 다시 돌아갈 수 없을 거라고…….

……어째서 이렇게 되어 버렸을까.

사실은 이럴 생각이 아니었다.

나는 그저—.

나크의, 그의 손을 이끌고 함께 놀던 그 무렵을 되찾고 싶었을 뿐인데—.

***

"콜록……."

어지러웠다.

지면에 등을 세게 부딪친 탓에 숨도 제대로 쉴 수 없었다.

몸의 마디마디가 아팠다.

확실하게 이길 수 있는 승부였다.

재능도, 마력도, 뭐든 내가 우월할 터였다.

얕보기는 했지만 봐주지는 않았다.

비장의 패였던 마력탄 분열도 꺼내 보였다.

귀족답지 않은 실전용 방패도 사용했다.

패배할 요소 따위 하나도 없었을 텐데 나는 땅을 기며 신음하고 있었다.

지고 싶지 않아.

그런 감정이 마음 깊숙한 곳에서 부글부글 끓어올랐다. 나답지 않은 욕심이었다.

"지면……."

학원에서 설 자리가 없어져서?

아니— 누구에게나 꼬리를 흔드는 어중이떠중이 따위, 있으나 없으나 매한가지다.

집에서 질책할 것이 무서워서?

그런 걸 무섭다고 생각한 적은 한 번도 없다.

"……으읏……."

얼굴을 들자 그곳에는 어깨를 들썩이며 나를 내려다보는 나크가 있었다.

나보다 지독한 꼴을 하고서 조금도 기뻐하는 표정을 짓고 있지 않았다.

기뻐하기는커녕 흐르는 눈물이 뺨을 적시고 있었다.

그런 그 녀석을 올려다보고 나는 공연히 화가 났다.

참을 수 없이 밉디미운 나를 흙투성이로 만들었으니 기뻐하면 되잖아.

"아직, 지지…… 않았어."

내가 지면 나크는 이곳을 떠난다.

그때처럼 나를 무시하고 어딘가로 가 버린다.

그런 거…… 절대로 허락 못 해.

"가게, 둘 것 같아……?!"

이대로 끝나도 될 리가 없다.

나는 몽롱한 의식 속에서 마력을 담은 오른손을 나크를 향해 들었다.

***

"하아…… 하아……."

혼신의 몸통박치기를 맞고 날아간 미나가 지면에 내동댕이쳐졌다.

마력은 이제 거의 남아 있지 않았고 온몸이 아팠다.

"해냈다. 이긴 건가……?"

부연 눈으로 주위를 보니, 눈앞의 광경을 받아들일 수 없다는 듯 멍한 모습인 학생들과 안도하여 숨을 내쉬는 우사토 씨가 보였다.

그런가, 내가 이겼구나.

신기하게도 승리했다는 기쁨보다 안도감이 컸다.

"아직이야……. 아직 끝나지 않았어……!"

"읏?!"

몸을 일으킨 미나가 흙먼지를 뒤집어쓴 채 괴이한 집착심을 띤 눈으로 나를 노려보며 마력을 담은 손을 들었다.

대비하려고 했지만 몸에 힘이 들어가지 않아 주저앉아 버렸다.

"내가 너한테 질 리가 없어……. 널 여기서 내보낼 수는, 없다고……!"

"어째서……."

어째서 미나는 이토록 나를 루크비스에서 내보내지 않으려는 거지?

나 말고 다른 사람도 있잖아. 이렇게까지 내게 집착하는 이유를 모르겠다. 정체 모를 공포에 몸을 움츠렸다.

"나크 군! 떨어져!"

"하르파, 씨?"

하르파 씨가 다급한 얼굴로 외쳤다.

멍한 머리로 미나 쪽을 바라보자 그녀는 손에 마력을 모으고 있었다.

그것은 마치 우사토 씨가 했던 것 같은—.

"나크! 그건 계통 강화야! 기다려, 지금 그쪽으로 갈게!"

"엇……?"

계통 강화.

하르파 씨가 말했던, 숙련된 마법사만이 쓸 수 있는 어려운 기술…….

미나가 그걸 쓰고 있어?

하르파 씨와 우사토 씨가 저렇게 다급한 것을 보면 꽤 위험하지 않을까?

하물며 작렬마법을 다루는 미나다. 마력이 폭주하기라도 하면 나뿐만 아니라 여기 있는 사람들도 무사하지 못할 것이다.

"도망, 쳐야 해."

도망치지 않으면 폭발에 휘말려 죽는다.

그렇게 생각하고 일어나려다가 문득 깨달았다.

"……안 돼."

도망칠 생각을 하고 있을 때가 아니잖아……!

설령 여기 있는 이들이 나를 깔보던 사람들이더라도 살리지 않을 이유는 되지 않는다.

그거야말로 구명단 실격이다.

"나크?! 빨리 거기서 벗어나!"

이쪽으로 달려오는 우사토 씨를 힐끗 본 나는 신음하며 일어났다.

왼팔은 어깨가 부러져서 쓸 수 없고, 오른손도 화상을 입은 탓에 제대로 힘이 들어가지 않았다.

그래도 남은 마력을 오른팔에 담고, 후들거리는 무릎을 질타하여 억지로 일어났다.

"놔줄 것 같아……? 너를! 여기서 내보낼 것 같아?!"

과하게 담긴 마력은 미나의 손을 찢어 피가 끊임없이 흘러나왔다.

그 아픔에 눈물을 흘리면서도 나를 쓰러뜨리려 하는 그녀의 모습에 형용할 수 없는 기분을 느끼며 주먹을 세게 움켜쥐었다.

미나도, 여기 있는 모두도, 내가 구하겠어.

내가 미나를 어떻게든 막아야만 해.

"구하는, 거야……!"

곧장 그녀의 눈앞에 도달했다.

나와 미나의 시선이 마주쳤다.

"나……크."

미나가 작은 목소리로 내 이름을 중얼거렸다.

그녀에게서 눈을 돌리지 않은 채, 나는 힘이 들어가지 않는 오른손으로 그녀의 손을 잡아 힘껏 당겼다.

이미 내게는 그녀를 기절시킬 만한 체력도 남아 있지 않았다.

그러니 지금 내가 할 수 있는 일은…… 대규모 폭발이 일어나지 않도록 그녀의 작렬마법을 몸으로 받아 내는 것뿐이다!

"……아, 손……."

미나의 놀란 목소리가 들렸다.

나는 엄습할 통증에 대비해 눈을 감고 그녀의 손을 더욱 세게 쥐었다.

그 후, 눈을 감은 상태에서도 알 수 있을 만큼 빛이 퍼져나갔다.

그것이 미나의 마법이 폭발한 빛인지, 나는 알 수 없었다.

하지만 무척 그립고 상냥한 빛이었다.

"……흑 ……우으……."

닫힌 시야 속에서 억눌린 울음소리가 들렸다.

"나크, 이제 괜찮아."

아는 목소리…….

떨리고 있던 내 오른손에 누군가의 따뜻한 손이 올려졌다.

눈을 뜨자 내 옆에는 안도한 표정을 지은 우사토 씨와—.

"흑…… 우, 으으으……."

내게 잡히지 않은 손으로 눈가를 덮고서 울고 있는 미나가 있었다.

"미나, 너…… 왜 울고 있어……?"

"시끄, 러워……. 입 다물어……."

지금까지 지독한 짓을 당했다.

이 녀석 때문에 루크비스에서 괴로운 나날을 보냈다.

하지만 눈앞에서 울고 있는 그녀를 보고 나는—.

"……미안."

어째서인지 사과하고 말았다.

그 말을 듣고 그녀는 흐느끼면서 내 손을 뿌리쳤다.

체력적으로 한계였는지 그녀의 뿌리침에 몸에서 힘이 쭉 빠지며 앞으로 넘어졌다.

"어이쿠."

하지만 쓰러질 뻔한 나를 우사토 씨가 받쳐 주었다.

"무리해서 서 있지 않아도 돼."

그렇게 말한 우사토 씨는 나를 끌어안았다.

우사토 씨의 팔에서 따뜻한 오라가 느껴졌다. 치유마법을 베풀어 주고 있는 모양이었다.

"상처는…… 응, 금방 낫겠어."

"저기, 어째서 미나의 마법은 발동하지 않은 건가요?"

미나는 작렬마법의 계통 강화를 쓰려고 했을 터였다.

내 질문에 우사토 씨는 복잡한 표정을 지었다.

"……그녀가 스스로 멈췄기 때문이야."

"예?"

스스로 멈췄다고? 미나가?

"어쩌면 이 아이는 그저 표현이 서툴렀을 뿐일지도 모르겠어."

"서툴러서……."

나는 미나가 마법을 멈추는 모습을 보지 못했다.

그녀가 마법 발동을 멈춘 이유도, 울고 있던 이유도 모른다.

결국 미나가 어째서 그렇게 필사적으로 나를 붙잡으려 했는지도 알 수 없었다.

이대로는 안 된다.

아직 나와 미나의 인연은 끝나지 않았다.

"뭐, 네 덕분에 다들 살았어. 자랑스러워해도 돼."

"……네!"

생각에 잠긴 내게 우사토 씨가 그렇게 말해 줘서 자랑스러운 기분이 들었다.

목소리는 가냘파도 확실하게 대답하자 우사토 씨는 기뻐하며 고개를 끄덕였다.

"나크. 네게는 구명단에 들어올 자격이 충분히 있어. 너의 치유 마법도 원래 형태로 되돌아온 것 같고 말이지."

"예……?"

"미나의 손을 봐."

말없이 얼굴을 가리고 있는 미나를 본 나는 무심코 눈을 크게 떴다.

"……?!"

미나의 상처가…… 없어졌어?

내가 아까 싸우면서 입혔던 상처도, 미나가 계통 강화를 시도하며 입었던 상처도, 마치 원래부터 없었다는 듯 깨끗하게 사라진 상태였다.

나도 모르게 우사토 씨의 얼굴을 보았다.

"내가 한 거 아니야. 내가 달려왔을 때, 그녀의 상처는 이미 나아 있었으니까. 이것도 네가 한 일이야."

"내가, 치유마법으로……."

"어떤 원리인지는 모르겠지만……『살리고 싶다』는 너의 마음이 다시 타인에게 치유마법을 쓸 수 있도록 한 게 아닐까?"

"살리고 싶다는 마음……."

"치유마법사에게 없어서는 안 될 게 그 마음이야. 마지막 순간에 너는 그걸 되찾았어. 과거의 인연을 끊어 내고, 자신을 괴롭혔던 미나와 그 주변 사람들을 살리고자 하면서 말이야."

우사토 씨의 말을 들은 나는 오른손에 마력을 담았다.

이미 마력이 거의 바닥나서 손끝에만 치유마법을 행사할 수 있었지만, 작은 초록빛이 분명하게 떠올랐다.

그것이 너무나 소중하다는 생각이 들어서 나는 빛을 감싸듯 움켜쥐었다.

“줄곧 함께 있었어요……. 하지만 힘들 때 내 생각밖에 못 해서…… 다른 사람을 신경 쓸 수 없을 만큼 괴로워서…… 모르는 사이에 깊이 묻어 버렸어요. 하지만! 마침내 돌아왔어요……. 이제 절대로 놓지 않겠어요. 저는, 이 마음을 다시는 잊지 않을 거예요……!”

움켜쥔 주먹을 이마에 대고 흥분한 목소리로 우사토 씨에게 말했다.

묵묵히 이야기를 들어 준 우사토 씨는 부드럽게 생긋 웃고서 나를 안은 채 일어났다.

“지금의 너라면 어제보다 더한 훈련도 버틸 수 있을 테고, 단장님도 군말 없이 입단을 허가해 주겠지. 아무튼 너는 열심히 했어……. 아—.”

“……?”

“자, 너의 승리를 축하하고 싶어 하는 사람들이 오고 있어.”

눈물을 닦고, 우사토 씨가 걸어가는 방향을 보았다.

지금까지 나를 지지해 주었던 사람들이 이쪽으로 달려오는 것이 보였다.

제7화 이별, 그리고 새로운 여행길로!

나크와 미나의 승부는 나크의 승리라는 형태로 끝을 맞이했다.

미나가 계통 강화를 억지로 행사하려고 한 소동이 있었지만, 결과적으로 나크의 치유마법이 원래 형태로 돌아오며 그 자신의 문제 해결로 이어졌다고 해도 좋을 것이다.

사실은 여기서 그의 성장을 지켜본 뒤에 떠나고 싶었지만, 나크와 미나의 싸움이 벌어졌던 실기 대회 다음 날에 우리는 글래디스 씨의 호출을 받았다.

“먼저 고맙다는 말을 하고 싶어요.”

“엥?”

불려 간 학원장실에서 갑자기 글래디스 씨가 머리를 숙였다.

허둥거리면서 카즈키와 이누카미 선배에게 도움을 구하려고 했는데 그보다 먼저 웰시 씨가 전부 안다는 얼굴로 미소 지으며 말했다.

“글래디스 학원장님은 이곳 학생들의 의식을 바꾸고 싶어 하셨어요.”

“예……?”

“근래 루크비스에서는 『마법은 타고난 소양, 즉 재능에 달려 있다』는 생각을 가진 아이들이 늘어나고 있었어요.”

계통의 좋고 나쁨에 따른 차별 의식.

자신의 재능에 얽매여 단련을 게을리하는 아이가 늘어나고 있었다는 건가?

"자신의 힘을 높이길 포기하고 모든 것을 재능 탓으로 돌리는 현재 상황은 바람직하지 않았죠. 그걸 우사토가…… 아니, 당신과 나크가 뒤엎어 줬어요. 방법은 별개로 쳐도, 재능이라는 벽에 정면으로 맞서서 깨부순 나크의 모습을 보고 심경의 변화를 겪은 학생이 적지 않아요."

그다지 자각은 없지만, 우리의 행위는 이 도시의 학생들에게 적잖은 영향을 줬다는 건가.

"그리고 우리 교사의 의식도 바뀌었습니다. 이제 여러분의 실력을 의심하는 자는 없어요. 그렇게 강한 당신들도 고전을 면치 못했던 마왕군을, 누가 위협이 아니라고 말할 수 있을까요."

"……! 그럼 의논의 결과는……."

"네."

웰시 씨의 말에 고개를 끄덕인 글래디스 씨는 우리 모두를 둘러보고서 입을 열었다.

"루크비스는 링글 왕국과 협력 관계를 맺겠습니다."

나는 그 말을 듣고 기뻤지만 동시에 조금 쓸쓸한 기분이 들었다.

"학원장님, 감사드립니다. 그럼 저희는 오늘 중으로……."

대답을 들었으니 우리는 다음 목적지로 향해야만 한다.

다만 이 도시에서 친해진 키리하 남매에게 이별을 고하는 것이 괴로웠다.

***

글래디스 씨에게 작별을 고하고 학원장실에서 나온 우리는 입구까지 와 준 하르파 씨에게 배웅을 받으며 학원을 뒤로했다.

나는 일단 선배 일행과 헤어져 아마코가 기다리고 있는 키리하 남매의 집으로 향했다.

실기 대회 다음 날이라 오늘은 수업이 없어서 키리하 남매가 집에 있다는 건 알고 있었다.

그리고 어제 싸우면서 쌓인 피로로 쓰러진 나크도 키리하의 집에서 묵었으니 그도 있었다.

이별을 고할 여유도 없이 떠난다고 해서 걱정되지는 않지만…….

무거운 발걸음으로 키리하네 집에 도착한 후, 맞이해 준 그들에게 오늘 이곳을 떠난다고 설명했다.

"그런가, 오늘 떠나는구나."

집 밖으로 나와 준 키리하 남매와 나크에게 미안함을 느끼면서 대답했다.

"응, 느닷없이 미안."

"괜찮아, 중요한 임무잖아? 어쩔 수 없지."

키리하는 아쉬워하며 어깨를 으쓱였다.

그런 그녀에게 웰시 씨에게 받은 자루를 단복 주머니에서 꺼내 내밀었다.

"이거, 여기 묵게 해 준 답례야. 내가 준비한 건 아니지만."
"어? 아니, 됐어. 크게 대접한 것도 없는데, 뭘."
"아니야, 많은 도움을 받았어. 나크도 묵게 해 줬고, 무엇보다 너희와 지낸 시간은 정말 즐거웠어."
빈말도, 과장도 아니었다.
조금 어수선했지만 즐거운 시간이었다.
"하아……. 네가 고집스럽다는 건 알고 있으니까 받을게."
"고마워."
역시 공짜로 밥을 얻어먹고서 아무런 보답도 하지 않고 떠날 수는 없으니 말이지.
"정말로 넌 별난 인간이야……."
"당연해. 나랑 같이 와 준 사람인걸."
아마코, 그 말투는 좀 너무하다고 생각한다만.
그리고 자랑스럽게 말할 내용은 아니잖아?
"후후…… 확실히 그러네."
"부정해 줘……."
"부정할 것도 없이 그 말이 맞잖아. 덕분에 우리는 너를 알게 됐어. 그렇게 생각하면 나쁜 일은 아니지 않아?"
키리하는 처음 만났을 때보다 다소 부드러워진 미소를 지었다.
"……그것도 그런가."
정말로 이런저런 일이 있었다.
깊은 감회에 잠겨 있으니 이번에는 쿄우가 나를 향해 입을 열었다.

"처음에는 어떻게 되려나 싶었지만, 뭐랄까, 너랑 이렇게 만나서…… 다시 인간을 믿어 보는 것도 나쁘지 않다고 생각했어."

"쿄우, 너……."

"그렇다고 해서 간단히 인간에게 마음을 열겠다는 건 아니야. 너처럼 우리를 평범하게 대해 주는 녀석이 있다면 생각해 보겠다는 거지."

부루퉁한 얼굴로 그렇게 말한 쿄우는 고개를 휙 돌렸다.

그 말에 무심코 작게 웃어 버리자 얼굴이 새빨개진 그가 고함쳤다.

"우, 웃지 마! 나도 부끄러운 말이라는 건 알고 있다고!"

"역시 쿄우는 부끄럼쟁이구나."

"시끄러워, 아마코! 아, 진짜, 이런 말 다시는 안 해! 젠장, 왜 이런 창피한 소리를 한 걸까, 제기랄……."

"……혹시 울어?"

내가 그렇게 묻자 그는 떨리는 목소리로 호통을 쳤다.

"웃, 누가 운다는 거야!"

토라진 것처럼 뒤돌아서는 쿄우에게 미안하다고 사과했다.

신세 진 두 사람과 작별 인사를 나누며, 서신을 건네는 목적을 차치하더라도 역시 이곳에 온 가치는 있었다고 생각했다.

"나크."

그리고 마지막으로 아까부터 고개를 숙이고 있는 나크에게 말을 걸었다.

"……."

고개 숙인 채 움직이지 않는 그의 등을 키리하가 쿡 찔렀다.

"나크. 기분은 이해하지만 제대로 작별 인사 정도는 해야지."

"……우으……."

키리하의 말에 결심했는지 나크는 살짝 어깨를 떨고서 얼굴을 들었다.

"우자도 시……."

그의 얼굴은 눈물과 콧물로 범벅이었다.

그 표정을 보고 쓰게 웃은 나는 웅크려 앉아 나크와 시선을 맞추고서 그의 어깨에 손을 얹었다.

"어이어이, 나크. 울 것 없어. 영영 헤어지는 게 아닌걸."

"하지만, 저, 정말로 너무 감사해서……."

"나는 어디까지나 네게 길을 보여 줬을 뿐이야. 어제의 승리도, 너의 치유마법도, 전부 네가 그 손으로 움켜잡은 거야."

내가 한 일이라고는 로즈가 내게 했던 것과 비슷한 훈련을 나크에게 시키고 구명단원으로서의 길을 제시한 것뿐이었다.

그것 말고는 거의 한 게 없었다.

나크는 옷소매로 눈가를 벅벅 닦고 작게 주먹을 움켜쥐었다.

"훈련은 힘들었어요. 매도는 마음에 깊이 박혀서 너무 괴로웠어요."

"……응."

"처음에는 정말 미친 짓을 하는 사람이라고 생각했어요."

"……으, 응."

"솔직히 사실은 치유마법이 아니라 뭔가 무서운 마법을 쓰는 괴물일 거라고 생각했어요."

"오우, 잠깐 기다려."

어, 어라라~.

뭔가 지금 꽤 좋은 흐름이었는데 말이지.

이거 작별 인사가 아니라 나를 향한 푸념 아니야? 내 푸념을 듣던 로즈의 마음을 조금 알 것 같아.

"하지만 쓸데없는 건 하나도 없었어요. 힘든 훈련도, 치유마법도, 당신에게 배운 것도, 미나에게 승리하기 위해서는 필요한 거였어요."

나크의 힘 있는 눈빛이 꿰뚫을 것처럼 내게 향했다.

나도 그에 응답하듯 마주 보았다.

"좀 더, 강해지고 싶어요. 더욱 강해져서 당신처럼 되고 싶어요. 우사토 씨, 저는 발견했어요. 가족에게도, 미나에게도, 누구에게도 얽매이지 않고 제가 추구해야 할 삶의 방식을요."

어제 승리와 함께 지금까지의 굴레에서 해방된 그는 새로운 길을 걸을 기회를 손에 넣었다. 그 기회를 살릴지 죽일지는 그에게 달려 있었다.

그런데 나처럼 되고 싶다는 말을 들으니 조금 부끄럽다.

"저, 링글 왕국에 가서 구명단에 들어가겠어요! 전보다 더 힘든 훈련도 버티겠어요! 온갖 욕도 받아 내겠어요!"

"……나는 구명단으로서 아직 미숙해. 신체 능력도 단장님의 이상(理想)에 미치지 못했고, 계통 강화도 미완성이지. 솔직히 단장님과 비교하면 아직 멀었다고 생각해. 그래도 너는 나처럼 되고 싶어?"

"제 스승님은 당신이고…… 제가 쫓는 건 당신의 등이에요!"

"……그런가."

나크의 성장이 솔직하게 기뻐졌다.

내 손은 자연스럽게 그의 머리에 얹어 있었다.

"구명단의 훈련은 『힘내는』 게 아니야. 그렇게 가르쳐 줬지?"

"네!"

"하지만 지금부터 하는 말은 너의 앞날에 대한 내 격려야."

나크가 쑥스러운지 고개를 숙였다.

나도 약간 멋쩍었지만, 앞으로 자신의 인생을 걷기 시작할 나크에게 이어서 말을 건넸다.

"힘내, 나크. 구명단의 훈련은 분명 지금까지 했던 것보다 더 힘들고 엄격하겠지만, 너라면 할 수 있을 거야."

"……네!"

"하하, 좋은 대답이야."

힘차게 고개를 끄덕인 그의 머리를 쓱쓱 쓰다듬은 나는 단복 주머니에 넣어 뒀던 편지를 꺼내 나크에게 내밀었다.

직사각형 봉투에 든 편지.

그 우측 하단에는 살짝 삐뚠 글씨로 『단장님께』라고 적혀 있었다.

"이건……."

"구명단에 보내는 소개장이야. 이 편지를 건네면 괜찮을 거야."

기초부터 글자를 새로 배우는 것은 힘들었지만, 어떻게든 쓸 수 있게 되었다.

뭐, 꽤 아슬아슬하게 다 적긴 했지만 말이지.

"나랑 똑같은 단복을 입고서 육식 동물 같은 분위기를 풍기는 사람이 단장님이야. 아마 척 보면 알 거야."

"네! 감사합니다!"

나크는 편지를 소중하게 받았다.

나크라면 단장님 밑에서도 잘 해 나갈 것이다.

근거는 없지만 확신이 들었다.

"……슬슬 가야겠다."

이누카미 선배와 카즈키가 기다리고 있기에 슬슬 가자고 아마코를 재촉했다.

고개를 끄덕인 아마코는 키리하 남매를 보고서 가볍게 숨을 들이마셨다.

"키리하랑 쿄우를 다시 만나서 좋았어. 오늘까지 고마웠어."

"나도 건강한 아마코의 모습을 보게 되어 좋았어. 쓸쓸해지면 또 와. 아마코라면 언제든 대환영이야."

"……응."

아마코는 기뻐하며 살며시 미소 지었지만 내게 얼굴을 보이는 것이 부끄러운지 고개를 슬쩍 돌렸다.

링글 왕국과 마찬가지로 네게 돌아갈 곳이 또 하나 생겼다.

잘됐다, 하고 작게 중얼거린 후 이번에는 내가 세 사람을 보았다.

"키리하, 쿄우, 둘 다 건강해. 나크는…… 작별 인사는 필요 없을 테니까, 또 보자는 말을 건넬게."

“우사토도. 또 근처에 오면 들러 줘. 그리고 스즈네랑 카즈키한테도 인사 부탁해.”

“아마코네 엄마를 확실하게 고쳐 줘!”

“먼저 링글 왕국에서 기다리고 있을게요!”

이별은 슬프지만, 더 이상 못 만나는 것은 아니다.

나와 아마코는 키리하 남매의 집을 뒤로했다.

***

“가 버렸네요.”

“그러게, 가 버렸어.”

우사토와 아마코, 나란히 걷는 두 사람을 배웅하며 중얼거린 나크의 말에 쿄우가 대답했다.

순식간에 지나간 일주일이었지만, 내게는 더할 나위 없을 만큼 의미 있는 시간이었다.

『인간과 친구가 되고 싶다』라는 잊어버렸던 마음을 떠올리게 되었고, 무엇보다 첫 **인간 친구**를 만들 수 있었다.

“나크. 바로 링글 왕국으로 갈 거야?”

“……그러고 싶은 마음은 굴뚝같지만, 아직 할 일이 있어요.”

쿄우의 질문에 나크가 고민스럽게 대답했다.

따로 할 일이 더 있는 건가?

의문스럽게 여기며 나크를 돌아보니 그는 들고 있던 편지를 주며

니에 고이 넣으면서 조심스레 입을 열었다.

"부모님께 작별 편지를 쓰고, 학교를 그만두고, 그리고…… 마지막으로 미나와 만나 볼 생각이에요."

"그만두는 편이 좋을걸."

"맞아, 무슨 짓을 당할지 몰라."

나랑 쿄우가 동시에 나크를 말렸다.

어제 그렇게 승부하고서 미나를 만나겠다니 너무 위험하다. 그 자리에서 마법을 맞아도 이상하지 않았다.

하지만 나크는 알고 있다는 듯 머리를 긁적였다.

"확실히 무슨 짓을 당할지 모르고, 미나가 제게 했던 짓은 간단히 용서할 수 없어요. 하지만 용서할지 말지는 제쳐 두더라도, 저는……."

"너는……?"

"이야기를…… 해 보고 싶다고 생각했어요."

어제 승부의 마지막 순간, 폭주하는 미나를 코앞에서 본 것은 나크뿐이다.

그 자리에 있던 누구도 그녀의 얼굴을 보지 못했고, 목소리도 들리지 않았다.

하지만 수인인 내 귀에 들린 미나의 목소리는 평소처럼 자신감이 넘치지 않았고, 마치 멀리 가 버리는 누군가를 불러 세우는 듯한 매달리는 목소리였다.

그렇게 생각하니 나크가 미나를 신경 쓰는 것도 이해 못 하는 바는 아니었다.

"네가 하고 싶은 대로 해. 아, 하지만 루크비스를 떠날 때는 여기 들렀다 가. 배웅해 줄 테니까."

"물론이죠. 이곳에서 친한 사람이라고는 키리하 씨랑 쿄우 씨밖에 없으니까요."

"수인인 내가 말하기도 뭐하지만, 그걸 자신만만하게 말하는 건 이상하다고 생각해……."

확실히 그러네.

여차여차하다 보니 나크와도 평범하게 이야기하는 사이가 되어 버렸다. 처음에는 우사토를 거쳐 대화하는 느낌이었는데, 어느새 그러지 않아도 평범하게 대화할 수 있게 되었다.

"이상한 건 어쩔 수 없죠. 누가 뭐래도 저는 우사토 씨의 제자니까요."

"하! 말은 잘해."

장난스럽게 웃는 나크의 등을 웃긴다는 듯 때리는 쿄우를 보며 자연스럽게 내 얼굴도 풀어졌다.

하지만 그 온화한 분위기도 한 소녀가 나타나며 깨졌다.

"여기 있었구나."

"……?!"

우사토와 아마코가 떠나간 골목과는 다른 길로 온 소녀, 미나는 우리와 함께 있는 나크를 보았다.

"할 얘기가 있어. 따라와."

그녀는 그 말만 하고서 바로 뒤돌아 걸어가 버렸다.

"나크, 어쩔 거야?"

"함정일지도 몰라. 내가 같이 가 줄까?"

평소와 모습이 조금 달라 보였지만 상대는 미나다. 어제 일을 보복하기 위해 나크를 함정에 빠뜨리려 해도 이상하지는 않았다.

나크는 마른침을 꼴깍 삼키더니 천천히 앞으로 걸음을 내디뎠다.

"아뇨, 걱정하지 않으셔도 돼요. 맨 마지막으로 미뤘던 걸 지금 하게 됐을 뿐이니까 괜찮아요. 그럼요, 괜찮고말고요."

그런 것치고는 꽤 긴장하고 있는 것처럼 보이는데…….

하지만 미나와 이야기하는 것은 나크에게 분명 중요한 일이리라. 그렇다면 우리가 그것을 방해할 수는 없었다.

"……알겠어. 하지만 위험해지면 도망쳐야 한다?"

"네. 그럼, 다녀오겠습니다!"

"그래, 잘 다녀와."

긴장하며 미나의 뒤를 따라가는 나크를 배웅했다.

"저 녀석, 괜찮을까?"

"분명 괜찮을 거야. 나크는 우리가 생각하는 것보다도 강해졌으니까."

"헤헤, 확실히 그렇긴 하지."

인간과 수인은 정말로 친해질 수 있을지 고민하던 나지만, 서로가 다가서면 이렇게나 간단한 일이었다.

이것저것 전부 우사토와 아마코 덕분이었다.

정말로 어떻게 다 감사하면 좋을지 모르겠다.

"……읏."

울컥 북받친 감정을 억누르며 눈가에 맺힌 눈물을 남몰래 훔친 나는 다시 한 번 우사토와 아마코가 떠난 방향을 보았다.

그들과는 언제 다시 만날 수 있을지 알 수 없다.

그래도 영영 만날 수 없을지도 모른다는 생각은 들지 않았다.

아마코에게는 우사토가 있고, 우사토에게는 아마코가 있다.

그 무엇도 걱정할 필요가 없다는 생각이 들었다.

"후후, 다음에 만날 때가 기대돼."

다음에 만날 때는 아마코네 엄마도 병이 낫고, 우사토의 여행도 끝나고, 그리고…… 내가 지금보다 조금 더 솔직해져 있었으면 좋겠다.

그때까지 나도 지금까지의 자신과는 다른 일을 해 보자고 생각했다.

***

미나의 호출.

그녀와는 원래 루크비스를 떠나기 전에 이야기하려고 했는데, 설마 그녀가 먼저 날 만나러 올 줄은 몰랐다.

키리하 씨와 쿄우 씨 앞에서는 태연하게 굴었지만 솔직히 무서웠다.

말없이 앞서 걸어가는 미나가 언제 이쪽을 돌아보고 작렬마법을 쏠지 몰라 기분이 말이 아니었다.

"여기면 되겠네."

미나가 걸음을 멈췄다.

퍼뜩 놀라 얼굴을 드니 도착한 곳은 항상 내가 괴롭힘당하던 장소— 그리고 내가 우사토 씨와 처음으로 만난 곳이기도 했다.

"……어째서 여기에?"

"특별히 의미는 없어. 그저 여기라면 조용히 얘기할 수 있잖아."

그렇게 말한 그녀는 광장 중심까지 걸어가 휙 뒤돌았다.

딱히 싸우려는 것 같지는 않았다.

"어라? 추종자 녀석들은……?"

그러고 보니 항상 미나 뒤를 졸졸 따라다니던 추종자들의 모습이 없었다.

"뭐? 추종자? 아아, 그 녀석들. 내가 너한테 진 걸 알자마자 다가오지 않게 됐어. 어딜 가도 따라다녀서 귀찮았으니까 딱히 상관없지만."

아마 그들은 미나를 버린 거겠지만 본인은 전혀 신경 쓰지 않는구나.

"다친 데는……."

"뭐?"

"다친 데는, 괜찮아?"

내 물음에 미나는 어이없어하며 이마에 손을 얹었다.

뭐야, 다치게 한 상대를 걱정하는 게 이상하냐.

"하아……. 옛날부터 흐리멍덩하고 덜떨어진 데다가, 덤으로 밋밋하지. 거기다 괴롭힌 상대를 걱정하다니, 역시 넌 바보야.”

“윽—.”

정곡을 찌르는 지적에 아무 말도 할 수 없었다.

“……어디 사는 바보가 멋대로 고쳐 준 덕분에 다친 데는 없어.”

미나가 고개를 옆으로 홱 돌리며 그렇게 말해서 내 눈은 휘둥그레졌다.

되게 솔직하네. 어제 몸통박치기를 맞고 넘어지면서 머리라도 부딪혔나?

좋아, 지금이라면 어떤 질문도 대답해 줄 것 같으니까 어제 왜 울었는지 물어보자.

“저기, 어째서 그때 울었—.”

“잊어버려.”

“어?”

딱 잘라 그렇게 말한 그녀는 손에 작렬마법을 발동시키고 나를 노려보았다.

“안 잊어버리면 날려 버릴 거야.”

“네! 잊었습니다!”

얼굴을 붉히고서 핏발 선 눈으로 노려보는 시선에 겁먹고 나도 모르게 존댓말을 썼다.

역시 미나는 미나였다.

작렬마법을 풀고 호흡을 가다듬은 미나는 아무 일도 없었다는 듯 로브를 정돈했다.

"그럼 이번에는 내가 질문할게. 너, 정말로 귀족 신분을 버릴 거야?"

"그래, 이미 정한 일이야."

"이제 나 말고 말릴 사람은 없어. 너희 부모님도, 이런 말하기 그렇지만 널 이미 버렸어."

"……알고 있어."

날 마음대로 해도 좋다고 아빠가 미나에게 허가했음을 들었을 때, 아빠는 이미 나를 아들로 보고 있지 않음을 깨닫고 말았다.

"내 기억 속에는 아직 자상했던 아빠와 엄마의 모습이 남아 있어. 하지만 그 자상함이 내게 향할 일은 이제 없겠지."

"……그러네."

"미나, 네가 어째서 나를 그렇게 붙잡으려는지 모르겠지만 이제 무리야. 그 사람들은 치유마법사인 나를 절대 가족으로 인정하지 않을 거고, 이곳을 졸업해도 집으로 돌아갈 수 없을지도 몰라."

보통은 귀족 신분을 스스로 버리지 않는다.

하지만 지금 내게는 목표가 있다. 그 목표에 그딴 것은 필요 없었다.

"알겠어. 네가 루크비스를 떠나는 건 인정해 줄게."

인정해 주겠다니…….

변함없이 제멋대로인 녀석이다. 그래도 연약한 모습을 보이는 것보다는 낫나…….

"하지만 나는 포기하지 않아."

"……엥?"

"그 얼굴은 뭐야? 설마 고작 승부에 이긴 것 가지고 나와 연을 끊을 수 있을 줄 알았어?"

미나도 포기해 주었다고 생각하자마자 그녀에게서 튀어나온 말에 굳었다.

아니, 확실히 승부에 연을 끊는다는 조건은 없었지만, 설마 이런 말을 할 줄은 생각도 못했다.

"잠깐만, 네가 최근 2년간 나를 계속 괴롭혔다는 걸 나는 잊지 않았어!"

"언제까지고 우물쭈물한 네 잘못이고, 딱히 용서받고 싶다는 생각도 안 해."

우사토 씨! 이 녀석, 진짜 고집불통이라 전혀 얘기가 안 통해요!

조금 전에 헤어진 우사토 씨에게 도움을 구해 버릴 만큼 나는 당황했다.

"뭘 그렇게 겁먹는 거야? 포기하지 않는다고 했지만, 지금 그러겠다는 건 아니야."

"엥? 지금 그러겠다는 건 아니라니, 날 억지로 붙잡지는 않겠다는 거야?"

"패배한 내가 왜 그런 창피를 거듭해야 해? 그 승부로 넌 이곳을 떠나겠다고 나한테 선언했잖아."

"그건 그렇지만……."

"네가 구명단이라는 영문 모를 조직에 가는 건 이제 내가 막을 수 없어. 그러니 이 학원에서 더욱 강해진 다음에 다시 너를 데리러 가겠어."

졸업하고 나서, 즉, 몇 년 후에 미나는 링글 왕국에 온다는 건가?

"강해진 다음이라니…… 네가 노력하겠다는 거야?"

"뭐야, 불만 있어?"

"아니, 없지만……."

재능과 센스만으로 싸우던 미나가 노력한다.

안 그래도 재능이 넘치는데 노력까지 곁들인다면 더는 대적할 수 없게 될 것 같다.

"치유마법사인 너한테 질 정도라니, 나도 아직 실력이 부족하다는 걸 깨달았으니까."

"허……."

졌으면서 왜 이렇게 잘난 척일까.

이야기는 끝이라는 듯 몸을 돌린 그녀에게 나는 말했다.

"마지막으로 묻고 싶은 게 있어."

"……뭔데."

"어째서 그렇게 나랑 엮이려고 하는 거야?"

솔직히 미나는 이제 내 얼굴 따위 안 보고 싶어 할 줄 알았다.

그런데 그녀는 나를 찾아왔다.

미나, 너에게 나는 대체 뭐지?

"네가 내 앞에서 멋대로 사라지면 왠지 짜증 나니까. 그게 이유야."

미나는 이쪽을 돌아보지 않고 그렇게 내뱉었다.

멋대로 사라진다.

그것이 모든 이유는 아니겠지만, 그녀의 말을 들은 나는 우사토 씨의 말을 떠올렸다.

「이 아이는 그저 표현이 서툴렀을 뿐일지도 모르겠어.」

서툴다는 말로 전부 용서할 수는 없다.

미나가 나를 괴롭혔던 것은 명백한 사실이다.

없었던 일로 칠 수는 없지만, 지금부터 그녀와 마주 볼 수는 있다.

"어이! 미나!"

큰 목소리로 그녀의 이름을 불렀다.

이쪽을 돌아보지 않고 발을 멈춘 그녀에게 크게 숨을 들이쉬고서 단언했다.

"나는! 링글 왕국에서 널 기다리고 있겠어!"

"읏?! ……후, 후후! 아주 건방지구나. 두고 봐! 너 따위 일격으로 쓰러뜨려 버릴 만큼 강해질 테니까!"

내 말에 놀랐는지 어깨를 떤 그녀는 조금 높아진 목소리로 그렇게 대답하고서 빠르게 걸어가 버렸다.

그녀의 모습이 보이지 않게 되자 지면에 털썩 주저앉았다.

"……하하하, 난 뭐 하고 있는 거지?"

내 목을 스스로 조르는 말을 해 버렸지만, 신기하게도 후회는 없었다.

지금껏 줄곧 눈을 돌리고 있었다.

나는 나쁘지 않아.

어째서 내가 이런 일을 당해야만 하는 거야.

나만 불행을 짊어지고 있다고 생각하며 타인의 마음 따위 전혀 고려하지 않았다.

"우사토 씨, 고맙습니다."

당신 덕분에 나는 일어날 수 있었다.

자신과 마주하고, 마침내 미나와 마주할 수 있었다.

아직 마음 한편에 그녀를 두려워하는 감정은 있지만, 그것도 받아들이고서 앞으로 나아가고 싶다.

분명 앞으로 펼쳐질 인생은 상상도 할 수 없을 만큼 파란만장해질 것이다.

다만 분명하게 말할 수 있는 건 후회 따위 절대 하지 않는다는 것이다.

왜냐하면— 당신이 보여 주고 내가 택한 길이니까.

후회 따위, 할 리가 없다.

***

키리하 일행에게 작별을 고하고서 아마코와 나는 도시 밖으로 나가는 문으로 향했다.

그곳에서는 이누카미 선배와 카즈키, 웰시 씨, 그리고 기사님들이 기다리고 있었다.

이곳을 나가면 우리는 세 그룹으로 나뉘기에 각기 호위를 맡은 기사님들이 준비를 진행하고 있었고, 우리와 동행하는 아르크 씨도 말 한 마리에 짐을 싣고 있었다.

"아르크 씨, 그 말은……?"

"약간 짐이 많아 이 녀석에게 운반을 부탁하자 싶어서요. 나이는 조금 먹었지만 좋은 말입니다. 그리고 똑똑해요. 분명 이 여행의 든든한 아군이 될 겁니다."

"그런가요……. 잘 부탁해."

살짝 거무스름한 갈색 털을 쓰다듬자 말은 기분 좋게 울어 주었다.

말을 만져 본 건 처음인데 굉장히 매끄럽구나. 블루링과는 살짝 달라.

……언제까지고 아르크 씨에게만 준비를 맡길 수는 없지.

"저도 도울게요."

"아뇨아뇨, 저는 괜찮습니다. 그보다도 출발하기에 앞서 웰시 님께서 중요한 이야기가 있다고 하시니 그쪽을 우선해 주세요."

웰시 씨로부터 중요한 이야기?

뭘까. 아무튼 가 볼까.

"알겠어요. 아마코, 블루링을 데려와 주지 않을래? 그 녀석, 아마 아직 자고 있을 테니까."

"응, 알겠어."

아르크 씨에게 준비를 맡기고 나는 웰시 씨가 있는 마차 근처로 이동했다.

"죄송해요, 늦었어요."

"그렇게 기다리진 않았어. 작별 인사는 제대로 했어?"

"네."

선배의 말에 고개를 끄덕였다.

"……그래. 쓸쓸하진 않아?"

"이 여행을 끝내면 또 만날 수 있으니까요."

영영 헤어지는 것은 아니다.

나크는 링글 왕국에서 만날 수 있고, 키라하와 쿄우가 있는 루크비스도 이웃 나라이니 금방 갈 수 있다.

또 만나려면 무사히 서신 전달 임무를 끝내야겠지.

"다들 모이신 것 같네요."

"네."

내가 도착하자 웰시 씨가 입을 열었다.

"여러분은 이곳 루크비스에서 다양한 경험을 하셨을 거예요. 하지만 이곳은 어디까지나 여행의 초반일 뿐이에요. 스즈네 님은 북쪽으로, 카즈키 님은 서쪽으로, 우사토 님은 동쪽으로, 긴 여행이 시작될 거예요."

우리는 웰시 씨의 목소리를 놓칠세라 침묵을 유지했다.

"몹시 한심스럽지만, 저희는 링글 왕국의…… 아니, 이 대륙의 위기를 알리기 위해 여러분을 의지해야만 해요. 하지만 여러분은 보답도 바라지 않고 저희에게 힘을 빌려주려 하고 계시죠……."

우리에게 전부 맡긴다는 사실이 마음 아픈지 그녀는 잠시 말을 멈추었지만 이내 천천히 심호흡한 후 다정하게 미소 지었다.

"스즈네 님, 카즈키 님, 우사토 님, 부디 무사하시길. 여러분이 무사히 링글 왕국으로 돌아오시길 기도할게요."

"멀쩡하게 돌아올 거야. 나랑 카즈키 군은 용사고, 우사토 군은 불사신인 구명단이니까!"

"저는 불사신이 아니지만 말이죠."

밝은 목소리로 웰시 씨에게 말한 선배의 말에 태클을 걸자 이번에는 카즈키가 한 걸음 앞으로 나가 굳센 눈으로 웰시 씨를 보았다.

"이 세계에서 저희가 있을 곳은 링글 왕국이에요. 돌아오길 기다려 주는 사람들도 잔뜩 있어요. 그러니 걱정하지 마세요. 저희는 무사히 임무를 성공시키고 돌아올 테니까요!"

"……네! 여러분, 부디 무사하시길……!"

카즈키의 말에 눈물을 글썽거린 웰시 씨는 마지막으로 인사를 한 후 우리 곁을 떠났다.

그녀를 배웅한 우리는 얼굴을 마주 보았다.

"선배, 카즈키, 힘든 여행이 되겠지만 힘내요."

"어이어이, 그건 내가 할 말이야. 우사토가 제일 큰일이잖아."

"맞아. 넌 수인의 나라에 가야만 하니까."

위험한 건 알고 있지만 이미 정한 일이다.

그리고 키리하 남매와 교류하면서 수인의 나라에 관해서는 조금 긍정적으로 생각하게 되었다.

아무 계획도 없지만, 뭐, 어떻게든 되려나…….

"될 대로 되겠죠. 여기서도 키리하 남매와 친해질 수 있었으니까요."

"될 대로 된다니…… 하아, 넌 정말로 대충인 건지 대범한 건지 모르겠어. 정말로 조심해야 해. 만약 위험해질 것 같으면 내가 어디서든 달려갈 테니까."

달려오겠다니…….

이 사람이 그렇게 말하면 농담으로 안 들려서 어떻게 반응하면 좋을지 모르겠다.

"하하하, 물론 나도 달려갈게."

"카, 카즈키까지……."

"당연하지. 위기의 순간에 달려가는 게 친구야. 마왕군과 싸울 때, 죽을 뻔했던 나와 선배의 위기에 우사토가 달려와 준 것처럼 말이야."

"윽, 그걸 꺼내면 부정할 수가 없네……."

"후후후, 네가 나와 카즈키 군의 목숨을 구해 줬으니까. 도움이 되고 싶다고 생각하는 건 당연해."

……정말이지, 두 사람은 내게 너무 은혜를 느낀다고.

하지만 도와주러 오겠다는 말에 무척 기뻤다.

그러니—.

"울적하게 헤어지는 건 그만두죠."

"그러네! 웃으며 서로를 배웅하자!"

여행의 성공과 재회를 바라며 서로를 보았다.

"안녕이란 말은 안 하겠어. 우사토 군, 카즈키 군, 다시 셋이서 만나자……!”

““네!””

자신감 넘치는 이누카미 선배의 미소, 상냥함과 온후함이 느껴지는 카즈키의 미소.

그런 두 사람을 따라 웃어 버린 나는 다시 셋이서 재회할 수 있기를 바라며 이누카미 선배의 말에 대답했다.

***

“우사토 군!”

“선배?”

작별 인사를 마치고 해산하려고 했을 때, 이누카미 선배가 나를 불러 세웠다.

뭐지 싶어서 카즈키 쪽을 보니 그는 생긋 웃고서 자신의 호위 기사가 있는 곳으로 걸어가 버렸다.

“왜 그러세요?”

“……너한테, 주고 싶은 게 있어서.”

선배가 약간 긴장한 얼굴로 내 앞으로 다가왔다.

설마 평소처럼 또 이상한 짓이라도 하려는 걸까.

살짝 경계하고 있으니 그녀가 내 오른손을 잡았다.

갑자기 손을 잡혀서 내가 놀라든 말든 선배는 내 손바닥에 자신의 손을 포개듯 올렸다.

"서, 선배?"

"분명 이 여행은 우리가 상상하는 것보다 훨씬 혹독할 거야. 한 달 정도로 끝나지 않을 거고, 다양한 고난이 기다리고 있겠지."

양손으로 내 오른손을 감싸며 부드럽게 한 번 움켜쥔 그녀는 바로 손을 뗐다.

내 손바닥에는 천 주머니에 든 직사각형 물체가 놓여 있었다.

원래 세계에서 자주 봤던 그것을 보고 나는 볼을 긁적이며 쑥스러워하는 선배의 얼굴을 보았다.

"부적, 인가요?"

"맞아, 부적이야. 여기 있는 동안 만들었어."

꺼슬꺼슬한 천 한가운데에 『지킬 수(守)』 자가 수놓인 부적을 보니 여러 가지 감정이 북받쳤다.

"정말, 잘 만들었네요."

"칭찬받을 정도는 아니야. 아, 물론 카즈키 군에게는 이미 건네줬지만, 너한테는 제대로 주고 싶어서 조금 늦었어."

"……."

"우사토 군?"

어쩌지, 눈물 날 것 같다…….

실은 키리하 남매와 이야기하던 시점에 꽤 울컥했는데, 여기서 이런 걸 받으면 감동하지 않을 리가 없다.

벅찬 감동에 몸을 떤 나는 힐끔힐끔 이쪽을 살피는 선배의 양쪽 어깨를 붙잡았다.

"선배……!"

"엇, 자, 잠깐, 우사토 군?! 아, 아직! 그런 일을 하기에는 너무—."

갑자기 붙잡혀서 놀랐는지 선배는 얼굴이 새빨개져 뭐라고 소곤소곤 중얼거리며 고개를 숙여 버렸다.

하지만 그에 상관하지 않고 나는 진심에서 우러나온 말을 입 밖으로 꺼냈다.

"부적, 소중히 여길게요. 저, 반드시 무사히 돌아올 테니까요!"

"……알고 있었어. 그래, 잘 알고 있었어. 진정해, 스즈네. 진정하는 거야……. 두근거리지 마!"

자신을 타이르듯 작게 뭐라고 중얼거리는 그녀의 모습에 고개를 갸우뚱했다가, 그 원인이 그녀의 어깨에 올린 내 손임을 깨닫고 황급히 손을 거두어들였다.

선배는 마음을 다잡듯 크흠 하고 헛기침하고서 내가 들고 있는 부적을 가리켰다.

"나도, 카즈키 군도 그거랑 똑같은 부적을 가지고 있어. 직접 만든 거고, 효험 같은 건 없겠지만, 힘들 때나 괴로울 때는 이걸 보며 우리를 떠올려 줬으면 좋겠어."

"그런 상황이 일어나지 않는 게 가장 좋겠지만 말이죠……."

가능하다면 아무 일도 없이 여행이 끝났으면 좋겠다.

……그래도 이 부적 덕분에 이누카미 선배가 더욱 가까운 존재가 된 것 같았다.

"우사토 군. 나도 슬슬 준비하러 갈게."

"네. 선배도 힘내세요."

"하하, 우사토 군도……. 그럼 또 보자."

선배는 내 얼굴을 보고 주저하듯 발을 멈췄지만, 이내 뒤돌아서 카즈키와 마찬가지로 여행 동료가 있는 곳으로 향했다.

"……고마워요."

돌아서는 순간, 살짝 보였던 선배의 눈물…….

일부러 눈치채지 못한 척 배웅한 나는 부적을 단복 안주머니에 고이 넣었다.

"우사토, 이제 됐어?"

두 사람과 헤어지고, 떠날 준비 중인 아르크 씨 곁으로 돌아온 내게 아마코가 그렇게 물었다.

"응, 이 이상의 말은 필요 없어. 아르크 씨, 출발 준비는요?"

"다 됐습니다."

아르크 씨가 여행 짐을 실은 말의 고삐를 끌었다.

선배와 카즈키는 각각 기사 여러 명이 동행하지만 나는 아마코, 아르크 씨, 블루링, 그리고 말뿐이다.

하지만 달리든 걷든 내게는 이 인원수가 딱 좋았다.

준비를 마친 우리는 문 앞까지 이동하여 먼저 와 있던 선배와 카즈키 옆에 나란히 섰다. 그러자 우리 앞의 커다란 문이 서서히 열렸다.

"출발이다."

각자의 길로 나아가는 두 사람을 손을 흔들며 배웅한 나는 천천히 뒤돌았다. 아르크 씨, 아마코, 블루링을 본 후, 그 뒤에 있는 경치로 시선을 옮겼다.

루크비스에서의 긴 듯하면서도 짧았던 시간은 끝을 맞이했다.

카즈키와 선배는 각자 다른 길을 가고, 나도 새로운 여행이 시작된다.

불안하지 않다고 하면 거짓말이다.

하지만 그것을 포함하여 솔직히 나는 설렜다.

링글 왕국 이외의 나라, 사람, 풍경—.

이누카미 선배는 아니지만, 아직 보지 못한 판타지가 기다리고 있다고 생각하니 가슴이 뛰었다.

"자, 갈까!"

흥분되는 마음을 말로 표현하고서, 나는 힘차게 지면을 밟으며 걷기 시작했다.

막간 마왕님이 보고 계셔

용사가 둘로 나뉘었다.

멀리 떨어진 성의 옥좌에서 그것을 감지한 나는 감고 있던 눈을 떴다.

"—이 이상 보는 건 무리군."

그렇게 중얼거리고 옥좌에 등을 기댔다.

"무언가 필요하신 게 있으십니까? 마왕님."

옆에 서 있던 시녀가 공손하게 말을 걸어왔다.

"아니, 딱히 무언가를 원하는 건 아니다……. 그렇게 황송해할 것 없다."

"마족에게 마왕님은 절대적인 존재이십니다. 마왕님께서 버릇없는 태도를 허락하셔도 저 자신이 허락할 수 없습니다."

"……너무 대단해지는 것도 곤란하군. 대화가 영 딱딱해."

하아, 하고 탄식한 나는 옥좌에서 몸을 일으켰다.

"뭐, 됐다. 이야기 상대가 없는 것보다는 낫지. 지금 재미있는 일이 일어났으니 그에 관해 이야기하자꾸나."

"알겠습니다. 삼가 듣겠습니다."

"방금 나는 이야기하자고 했을 텐데……?"

그렇게 물어도 시녀는 표정을 무너뜨리지 않았다.

성격이 아주 좋다고 빈정대며 나는 조금 전에 지각한 것을 이야기하기 시작했다.

"링글 왕국이 용사를 움직였다. 둘로 나뉜 것을 보면 아마 타국에 협력을 구하러 가는 거겠지."

"……그건 제가 아니라 군단장에게 말씀하시는 편이 좋지 않겠습니까?"

"필요 없다. 원래부터 대륙 전체를 상대할 생각이었다. 적이 얼마든지 늘어나도 상관없어. 그리고 군단장도 다음 침략을 준비하느라 바쁠 테니 말이야."

두 번이나 패주해야만 했던 나의 군대는 링글 왕국이 간단히 격파되는 나라가 아니라 전력을 투입해 도진해야 할 적임을 이해하지 않을 수 없었다.

지금은 확실한 승리를 얻기 위해 오랜 시간을 들여 병사의 증강을 꾀하고 있었다.

"하지만 용사를 움직일 줄이야. 그 나라도 재미있는 짓을 하는군. 최초로 싸움을 건 보람이 있었어."

"마왕님은 용사의 동향을 완전히 파악하고 계신 겁니까?"

"음, 아니. 막연히 알 뿐이다. 알 수 있는 것은 위치 정도야."

이 능력은 그렇게 편리하지는 않았다.

하지만 「역시 마왕님이십니다」 하고 더욱 존경을 표하는 시녀의 반응에 씁쓸한 표정을 짓고 말았다.

"이웃 나라인 루크비스에 있는 것까지는 알 수 있었지만 그 다음부터는 나도 알 수 없어. 결국 내 감지 능력으로는 여기까지가 한계인 모양이군."

"일개 시녀가 의견을 올리다니 주제넘은 짓입니다만, 이 틈에 링글 왕국에 쳐들어가는 것은 어떨까요."

"그 나라를 너무 얕봤어. 잊었나? 녀석들이 우리 군대를 격퇴한 첫 번째 침략 때, 아직 용사는 없었다. 우리의 전력이 갖춰지지 않은 단계에서 공격하는 건 쓸데없이 병사를 죽이는 짓이야."

"죄송합니다. 생각이 너무나 짧았습니다. 어떠한 벌이든 내려 주십시오."

"네 눈에는 내가 얼마나 폭군으로 보이는 것이냐……."

마왕인 내가 인간에게 한없이 포학하게 군 적은 있어도 동족인 마족을 소홀히 여긴 적은 한 번도 없었다.

그런데 다들 매번 실수했으니 벌을 달라고 자진 신고하니 은근히 짜증이 났다.

어이없어서 이마를 짚은 후 시녀 쪽을 보지 않고 입을 열었다.

"좀 더 이야기하기 편한 녀석은 없나? 네가 나쁘다는 것은 아니지만 이대로는 숨이 막히겠어."

"이야기하기 편한 상대, 말씀입니까. 외람되오나 시녀장을 맡고 있는 저는 그러한 자를 소개해 드리기 어려울 것 같습니다."

"……왜지?"

"제가 다른 시녀들을 교육했기 때문입니다."

"아아, 그렇군……."

눈앞의 시녀와 똑같이 무표정한 시녀들이 죽 늘어서 있는 모습을 상상하고 말았다.

마족은 몇백 년이 지나도 고지식한 자들뿐이다.

그 사실에 평소에는 그다지 하지 않는 한숨을 쉬었다.

그러다 시녀가 문득 무슨 생각이 떠올랐는지 얼굴을 들었다.

"조만간 제 밑으로 새로운 시녀 한 명이 들어옵니다. 아직 한 사람 몫은 못 하지만 그래도 상관없으시다면, 어떠십니까?"

"기대는 안 하고 있으마."

얼마 후의 즐거움이 생긴 시점에서 나는 조금 전에 말한 용사로 이야기를 되돌렸다.

"그나저나 재미있군."

링글 왕국의 두 용사.

나라에서 정말로 소중하게 다루고 있고, 누군가가 강제한 것도 아닌데 그들은 목숨을 걸고서 우리 군대의 벽이 되어 막아서고 있었다.

거기에 재미있는 존재가 또 하나—.

"치유마법사라……."

"치유마법…… 인간만이 쓸 수 있는 성가신 마법이라고 들었습니다."

내가 봉인되기 전에는 인간들 사이에서 꽤 귀하게 여겨지던 마법 중 하나였다.

그것이 지금은 푸대접을 받고 있으니 웃기는 이야기지만…….

"전장을 달리는 치유마법사. 내가 선대 용사와 싸웠을 적엔 그런 기괴한 존재는 없었어. 그렇기에 재미있군."

용사와 함께 행동 중인 치유마법사에게는 몰래 관심을 가지고 있었다.

함께 행동하는 자들에게서 인간뿐만 아니라 마물과 수인의 반응이 있었기 때문이다.

이것을 재미있다고 하지 않으면 뭐라고 말할까.

"용사가 아닌 평범한 인간이, 녀석과 똑같은 길을 가는 것인가……."

아득히 먼 기억을 더듬었다.

이종족과 손을 잡은 인간이 있었다.

사람을 믿지 못하게 된 인간이 있었다.

모든 것을 버린 인간이 있었다.

그 인간과 이 치유마법사의 모습은 겹쳐지는 것 같았다.

치유마법의 잘못된 사용법 3
~전장을 달리는 회복 요원~

1판 1쇄 발행 2018년 4월 20일
1판 2쇄 발행 2018년 6월 5일

지은이_ KUROKATA
일러스트_ KeG
옮긴이_ 송재희

발행인_ 신현호
편집국장_ 김은주
편집진행_ 최은진 · 김기준 · 김승신 · 조미연 · 원현선 · 김솔함 · 권세라
편집디자인_ 양우연
국제업무_ 정아라 · 고금비
관리 · 영업_ 김민원 · 이주형 · 조인희

펴낸곳_ (주)디앤씨미디어
등록_ 2002년 4월 25일 제20-260호
주소_ 서울시 구로구 디지털로 26길 111 JnK디지털타워 503호
전화_ 02-333-2513(대표)
팩시밀리_ 02-333-2514
이메일_ lnovelpiya@naver.com
L노벨 공식 카페_ http://cafe.naver.com/lnovel11

ISBN 979-11-278-4473-8 04830
ISBN 979-11-278-4277-2 (세트)

값 9,800원